Elke Kahlert: Studium der Anglistik in München und Edinburgh; Lektorin in einem Kinderbuchverlag in München; Herausgeberin und Autorin von Sachbüchern und Kinderromanen (unter dem Pseudonym Gustav Grober); Mitarbeit im Schulfunk des Bayerischen Rundfunks; lebt im Bayerischen Wald und in München.

Sie veröffentlichte bisher bei rotfuchs, zusammen mit Friedrich Kohlsaat: «Witzekiste» (Band 253), «Rätselkiste» (Band 290), «Zauberkiste» (Band 319) und «Krimikiste» (Band 409); zusammen mit Amelie Glienke: «Vorsicht, Gespenster!» (Band 460) und zusammen mit Wilfried Blecher: das farbige Bilderbuch «Als wir zwei Kamele waren» (Band 535).

Hans Poppel war nach einem Bühnenbildstudium in München sieben Jahre am Theater als Bühnenbildner tätig; danach wandte er sich der Buchgestaltung, Illustration und Musik zu («So einfach ist Theater», 1979, «Das Liedmobil», 1981, «Sim Sala Bim» von Christine Nöstlinger, rotfuchs 303, «Schrumpelhexe Warzenschön» von Christl Pfister (vierfarbiges Bilderbuch, rotfuchs 506) und «Unisonien» von Hermann Moers, Rowohlt 1985).
Er lebt in Concord, MA/USA.

Elke Kahlert

Einmal Wolkenkuckucksheim und zurück

Geschichten aus
dem Traumexpreß

Bilder von
Hans Poppel

Rowohlt

rororo rotfuchs

Herausgegeben von Renate Boldt und Gisela Krahl

Originalausgabe

Veröffentlicht im Rowohlt Taschenbuch Verlag GmbH,
Reinbek bei Hamburg, März 1991
Copyright © 1991 by Rowohlt Taschenbuch Verlag GmbH,
Reinbek bei Hamburg
Umschlagillustration Hans Poppel
rotfuchs-comic Jan P. Schniebel
Alle Rechte vorbehalten
Gesetzt aus der Baskerville (Linotronic 500)
Gesamtherstellung Clausen & Bosse, Leck
Printed in Germany
880-ISBN 3 499 20 588 2

Inhalt

Einmal Wolkenkuckucksheim... 7

In Teufels Küche 13
Das Baumhaus 21
Die traumhafte Märchenhochzeit 28
Wilde Johannisbeeren 35
Das Schloß auf der Insel 45
Auf der Suche nach dem Paradies 55
Kartoffelchips und Königin 62
Der fliegende Robert 70
Meine Oma fährt Motorrad 75
Die Traumschule 80
Schlimmer als die Geisterbahn 85
Die Traumdeuterin 92
Süßer die Glocken nie klingen 99
Die Ente mit den himmelblauen Füßen 108
Was machen wir mit dem Mädchen? 119
Eine Dohle ist doch keine Elster 127
Zwei Fliegen mit einer Klappe 134

...und zurück 141

Einmal Wolkenkuckucksheim...

Nicht im Traum hatte Herr Elmar Jedersberger damit gerechnet, Zug fahren zu müssen. Schließlich besaß er ein Auto, und das brachte ihn, wohin er wollte. Und heute wollte, nein, mußte er nach Nürnberg. Ausgerechnet an diesem Morgen aber sprang sein Wagen nicht an. Er versuchte es eine gute Viertelstunde lang, dann war die Batterie leer und Herr Jedersberger geladen.
«Nimm doch den Zug», riet ihm seine Frau vom 2. Stock aus.
Wie gut, daß er nichts anderes zur Hand hatte, so warf er ihr nur einen wütenden Blick zu, nahm seine Aktentasche und sprang in ein vorbeifahrendes Taxi.
Am Bahnhof überflog Herr Jedersberger auf einer Anzeigentafel die Abfahrtszeiten der Züge und stellte fest, daß in genau einer Minute ein IC nach Nürnberg fuhr. Welcher Bahnsteig? Bahnsteig 13, las Herr Jedersberger, doch in sei-

ner Eile hatte er sich in der Zeile geirrt. Er rannte zum Bahnsteig 13, stieg in den dort wartenden Zug und fand einen Platz in einem Nichtraucherabteil. Nur war es nicht der Zug nach Nürnberg. Aber da Herr Jedersberger das nicht wußte, beunruhigte es ihn auch nicht.
Als sie aus der Bahnhofshalle fuhren, hatte er Wut und Aufregung so weit unter Kontrolle, daß er sich die Menschen im Abteil näher anschauen konnte. Schräg gegenüber knabberten ein Junge und ein Mädchen gemeinsam an einem großen Lebkuchen.
Sieht aus wie selbst gebacken, dachte Herr Jedersberger und verzog angewidert die Mundwinkel. Nun muß man wissen, daß Elmar Jedersberger Vertreter einer Nürnberger Lebkuchenfabrik war und deshalb aus beruflichen Gründen selbstgebackene Lebkuchen verabscheute.
Rechts von Herrn Jedersberger erzählte ein kleiner, fast zierlicher Herr stockend und leise seiner Frau einen Traum.
«Ich bin ganz sicher», sagte die große und kräftige Frau, «Läuse bedeuten Geld.»
«Wenn du meinst, Aloysia», erwiderte ihr Mann und lächelte etwas verlegen die Kinder an. «Und ihr zwei reist ganz allein?» fragte er dann, um das Thema zu wechseln.
«Mutterseelenallein», sagte der Junge und pickte mit dem Finger ein paar Krümel vom Sitz.
«Und wie heißt ihr?» fragte der Mann weiter.
«Hänsel», sagte der Junge.
«Gretel», sagte das Mädchen.

«Ist das nicht reizend, Heribert!» Frau Aloysia war ganz begeistert.

Herr Jedersberger glaubte Kindern, die selbstgebackene Lebkuchen aßen, kein Wort. Die wollen uns doch nur veräppeln, dachte er bei sich.

In diesem Augenblick betrat der Zugschaffner das Abteil.

«Noch jemand zugestiegen?» fragte er, und Herr Jedersberger griff nach seiner Geldbörse.

«Einmal Nürnberg! Hin und zurück!» sagte er, und entschuldigend fügte er hinzu: «Ich hab es einfach nicht mehr geschafft, am Bahnhof eine Fahrkarte zu lösen.»

«Tut mir leid», sagte der Zugschaffner, «aber der Zug fährt nicht über Nürnberg.»

«Nicht über Nürnberg?» Auf Herrn Jedersbergers Stirn schwoll eine Ader. «Sie machen Witze!»

«Nein, mein Herr», der Zugschaffner holte einen in Leder gebundenen Fahrplan aus seiner Tasche, blätterte und sagte dann: «Das hier ist der Traumexpreß 999 auf der Fahrt nach Wolkenkuckucksheim. Jetzt», er schaute auf seine Uhr, «ist es zehn Uhr sieben. In genau einer Stunde, also um neun Uhr sieben, werden wir pünktlich und fahrplanmäßig in Wolkenkuckucksheim eintreffen.»

Herr Jedersberger war wie vom Donner gerührt. Der zweite Schicksalsschlag heute! Erst das bockige Auto, jetzt der falsche Zug! «Also ich muß schon sagen» war alles, was er herausbringen konnte.

Der Zugschaffner nutzte Herrn Jedersbergers Verwirrung und verließ das Abteil.

Als der Lebkuchenvertreter sich einigermaßen von seinem Schock erholt hatte, stand er auf und rannte hinaus auf den Gang.

«Herr Schaffner», schrie er, doch der war nirgends zu sehen. In seiner Hast hätte er beinahe ein Kind umgerannt, das am Gangfenster stand und sich mit einer Plastikente unterhielt.

Auf der Suche nach dem Schaffner blickte Herr Jedersberger in alle Abteile, an denen er vorbeieilte. Komische Leute, wohin er schaute. Hier ein Mädchen mit einer Art Krone auf dem Kopf, das unablässig Kartoffelchips futterte, daneben eine junge Frau mit verweinten Augen. In einem Abteil stand nur ein weißer Schuhkarton mit einem jungen Hund, in einem anderen saß eine Oma mit einem Sturzhelm auf dem Schoß. Ein Kassettenrecorder dudelte «Süßer die Glocken nie klingen», obwohl gar nicht Weihnachten war, und im Speisewagen roch es nach Oktoberfest, und eine Blasmusik spielte «Oh, du lieber Augustin...» Ein Brautpaar feierte hier anscheinend seine Hochzeit. Vielleicht war es auch ein Maskenball? Oder ein Zirkus? Da saß ja sogar ein zahmer Bär am Tisch! Und der Hund da! Der sah doch wie ein Wolf aus!

Aus der Kochnische drang Rauch. Am Herd stand eine alte Frau, die versuchte, mit Strohhalmen ein Feuerchen zu machen. Sie war so häßlich, daß Herr Jedersberger Schluckbeschwerden bekam.

«Sind Sie des Teufels?» schrie er.

Die häßliche alte Frau nickte sehr ernsthaft und sagte: «Ja. Des Teufels Großmutter!»

Herr Jedersberger schlug das Feuer aus, dachte, die Alte sei wohl nicht richtig im Kopf, und rannte weiter. Ein Abteil war voller grasgrüner Menschen, ein anderes voller Indianer. Ein Zwerg mit Rauschebart, aber ohne Zipfelmütze, unterhielt sich mit einer wachsweißen Frau mit Spitzenkragen. Im Gepäcknetz hockte eine Krähe. Oder war es eine Dohle? Und überall so viele Kinder! Freche und verträumte, lustige und traurige, maulige und freundliche. Ein Mädchen war offensichtlich krank und hatte Fieber. Die Mutter tupfte ihr die Stirn und erzählte ihr Geschichten.

Je länger Herr Jedersberger durch den Zug lief, desto heißer und enger wurde es ihm in seiner Jacke. Im Gepäckwagen blieb er schließlich stehen und lockerte seine Krawatte. Erschöpft ließ er sich dann auf eine Kiste fallen, die eigentlich ein Sarg war, stützte sein Kinn in die Hände und stöhnte: «Entweder ich spinne oder ich träume!»

«Ich auch», hörte er da eine zarte Stimme, und die gehörte einer Dame, die vor einem weißen Klavier saß und ein bißchen klimperte.

«Kennen Sie Herrn Lieblich!» fragte sie und drehte sich auf ihrem Klavierstuhl um.

Herr Jedersberger schüttelte ermattet den Kopf.

«Sie werden ihn kennenlernen», meinte Friederike Korff. «Und die anderen hier auch. Wir sitzen schließlich alle im gleichen Traumexpreß und fahren nach Wolkenkuckucksheim.»

In Teufels Küche

Friederike Korff war Klavierlehrerin und schon etwas ältlich. Trotzdem war sie eitel und trug ihre Brille nicht oder nur in seltenen Fällen. Auf dem Spaziergang jedenfalls, der sie in Teufels Küche brachte, hatte sie sie nicht auf der Nase.
Es war ein wunderschöner Tag im März, die Palmkätzchen waren schon groß und gelb und die Leberblümchen längst da, als Friederike Korff beschloß, eine kleine Wanderung zu

machen. Sie fuhr mit ihrem alten VW Käfer erst ein Weilchen auf der Autobahn, dann auf einer Landstraße, und als die Gegend bergig wurde, parkte sie im Schatten eines Felsens. Ihre Wanderschuhe waren häßlich, aber bequem, der kleine Rucksack abgenutzt, aber gefüllt mit einem Wurstbrot, einem Apfel und einer Tafel Schokolade.

Am Anfang war da ein kleiner Pfad, der um den Felsen herumführte und nur leicht anstieg. Friederike ging beschwingt dahin und atmete tief durch. Das, wußte sie, war ja so gesund. Auf der Rückseite des Felsens endete der Pfad auf einem Geröllfeld, und Friederike kraxelte nun zwischen Felsbrocken hindurch immer weiter. Bald schwitzte sie, solche Anstrengung war sie nicht gewöhnt. Den Gipfel des Felsens jedoch erreichte sie nicht, denn auf dieser Seite war der steinige Berg ein Überhang, und Friederike wagte keine Kletterpartie. So mußte sie auf die schöne Aussicht, auf die sie sich gefreut hatte, verzichten.

Sie stolperte weiter über Geröll und Steine und dachte an den Bankangestellten Herrn Lieblich, der sie in Geldangelegenheiten immer so freundlich beriet. Und so bemerkte sie kaum, daß hier weder Leberblümchen blühten noch Bienen summten, daß die Gegend seltsam kalt und leblos war. Im nachhinein läßt sich schwer sagen, ob es Herr Lieblich oder die fehlende Brille war, jedenfalls sah Friederike die Felsspalte gar nicht oder zu spät und fiel hinein. Ach, du liebes bißchen, dachte sie noch, aber da hatte sie der Berg schon verschluckt.

Sie mußte wohl einen Augenblick ohnmächtig gewesen sein, denn als sie wieder zu sich kam, saß sie auf einem

Küchenherd. Glücklicherweise brannte zu diesem Zeitpunkt kein Feuer, denn sonst hätte sie sich nicht nur Knie und Ellbogen geschrammt, sondern auch noch den Po ganz schön verbrannt. Friederike saß nämlich in einer etwas ungünstigen Haltung auf dem Herd, der sich in einem höhlenartigen Raum befand. Es war ziemlich düster hier unten, denn Licht fiel nur durch die Felsspalte, durch die sie eben herabgesegelt war.
Soweit Friederike das ohne Brille sehen konnte, war der Raum ziemlich groß, die Wand schwarz vom Ruß, der Boden gestampfter Lehm. In der Nähe des Herdes stand ein großer Holztisch mit ein paar wackligen Bänken drumherum.
«Wen haben wir denn da?» hörte sie jetzt eine Stimme aus dem dunkelsten Teil der Höhle.
«Verzeihen Sie bitte die Störung», sagte Friederike höflich und krabbelte vom Herd herunter.
Sie kniff die Augen zusammen und spähte in die Richtung, aus der die Stimme gekommen war, konnte aber niemanden erkennen.
«Hihi», sagte die Stimme, «Störung ist gut.»
Friederike, als Klavierlehrerin, fiel auf, daß die Stimme nicht sehr melodisch klang. Das beunruhigte sie. Hastig kramte sie in der Jackentasche nach ihrer Brille, fand sie und setzte sie mit zitternden Händen auf. Jetzt sah sie eine uralte Frau, die aus einer dunklen Ecke herangeschlurft kam. Nun muß man wissen, daß Friederike Korff Menschen nie nach ihrem Äußeren beurteilte und an jedem etwas Hübsches entdecken konnte; aber diese Frau, die

nun vor ihr stand, war so unendlich häßlich, daß es schmerzte. Die grauen Haare waren verfilzt und standen wirr vom Kopf ab. Das runzlige Gesicht war grau wie die Asche unter dem Herd und übersät mit dicken Warzen, aus denen weiße Haare sprossen. Die Nase war gebogen, oben klobig und unten spitz. Aber das schlimmste waren die Augen. Klein und rot geädert schauten sie die verängstigte Klavierlehrerin hinterhältig und böse an.
Friederike brachte ein schüchternes Lächeln zustande und sagte: «Erlauben Sie, daß ich mich vorstelle? Mein Name ist Friederike Korff. Ich bin Klavierlehrerin von Beruf.»
Die alte Frau lachte wieder ihr häßliches Lachen und sagte: «Mein Name ist Teufel, und ich bin Großmutter von Beruf.»
«Sehr angenehm», erwiderte Friederike. «Wären Sie, liebe Frau Teufel, wohl so freundlich und würden mir den Weg ins Freie zeigen?»
«O nein, mein Täubchen, so freundlich wäre ich nicht.»
Und nach einer Pause: «Mein Enkel Luzi, wenn er heimkommt, wird begeistert sein.»
«Ich werde wohl nicht das Vergnügen haben, Ihren Herrn Enkel kennenzulernen», meinte Friederike, «ich muß nämlich schnell nach Hause. Um achtzehn Uhr kommt eine Schülerin zur Stunde.»
«Zur Stunde, was du nicht sagst.»
Die alte Frau machte noch einen Schritt auf Friederike zu, die bis zur Wand zurückwich.
«Wie gut du riechst», sagte sie und schnüffelte mit ihrer oben klobigen und unten spitzen Nase.

«Ich bin leider etwas verschwitzt», meinte Friederike entschuldigend.
«Das macht nichts», sagte Frau Teufel, «gutes Menschenfleisch muß so riechen.»
«Menschenfleisch!» Bei diesem Wort fielen Friederike Geschichten und Märchen ein, die sie als Kind gehört und damals nicht geglaubt hatte. Jetzt ahnte sie, wo sie war. In Teufels Küche! Bei Teufels gräßlicher Großmutter!
«Ach, du liebes bißchen», sagte sie leise und blickte sich hilfesuchend um. Ihre Augen hatten sich jetzt an die Düsternis im Raum gewöhnt, und sie konnte an einer Wand hinten eine Tür erkennen. Aber vor ihr stand die alte Frau, die ihren fast zahnlosen Mund zu einem Grinsen verzog.
«Was meinst du, mein Täubchen, soll ich dich kochen oder lieber braten?»
«Ich kenne den Geschmack Ihres Herrn Enkel nicht», sagte Friederike und bewunderte sich und ihre Kaltblütigkeit.
Aber die Großmutter ging nicht darauf ein, sondern sprach weiter: «Ich glaube, kochen ist besser, das gibt eine gute Brühe, und ganz so jung bist du ja auch nicht mehr. So, ich werde jetzt erst einmal ein Feuerchen machen.» Und damit drehte sie sich um und schlurfte zum Herd.
Friederike packte die Gelegenheit beim Schopf und rannte mit klopfendem Herzen auf die Tür hinten im Raum zu. Mit aller Kraft drückte sie die schwere eiserne Klinke herunter. Aber die Tür ließ sich nicht öffnen. Sie war abgeschlossen.
«Hihi», hörte sie da die alte Frau lachen, die am Herd stand und sich nicht einmal umgedreht hatte. «So einfach ist das

nicht, mein Täubchen, den Schlüssel hab ich in der Tasche.»
Und dabei klopfte sie mit der Hand an ihren Rock.
Friederike ließ die Arme hängen und ging langsam zum Tisch zurück. Tausend Gedanken jagten durch ihr Hirn. Dieser furchtbare Herr Luzi konnte jeden Augenblick nach Hause kommen. Was dann? Sie mußte unbedingt diesen Schlüssel haben, denn einen anderen Ausgang schien es nicht zu geben. Durch die Esse über dem Herd konnte sie unmöglich zurückklettern.
Frau Teufel kam jetzt mit einem großen Messer an den Tisch, und Friederike erschrak furchtbar. Aber ganz ruhig zog die Alte die Schublade auf, nahm eine Zwiebel heraus und fing an, sie zu schälen und dann zu hacken.
«Ich liebe Zwiebeln in der Suppe», sagte sie, «nur leider muß ich beim Schälen immer so weinen. Meine Augen sind so empfindlich geworden in den letzten paar hundert Jahren.» Und dabei schniefte sie, und dicke Tränen rollten über ihr zerfurchtes und schmutziges Gesicht.
Da hatte Friederike eine Idee. Als die alte Frau mit dem Ellbogen die Tränen wegwischte, griff sie mit beiden Händen nach den gehackten Zwiebeln und warf sie des Teufels Großmutter aus nächster Nähe ins Gesicht. Die schrie auf, denn sie hatte auch Zwiebelstückchen in die Augen bekommen, und das biß und tat weh, und ihre Augen tränten so, daß sie überhaupt nichts mehr sehen konnte.
Friederike riß sich ihren Rucksack vom Rücken, packte die keifende und heulende Alte und stieß sie auf eine der Bänke. Sie legte den Rucksack auf die Brust der alten Frau, löste die Schnallen der Träger und führte sie unter ihren

Armen durch. Frau Teufel wollte sich wehren, aber der Schmerz in ihren Augen war so groß, daß sie sie immerzu mit den Händen reiben mußte. Mit schnellen und geschickten Griffen hatte Friederike die Träger an der Lehne der Bank befestigt. Nun war des Teufels Großmutter gefesselt, und Friederike langte mit großem Widerwillen in deren schmuddelige, ausgefranste Rocktasche und fand dort wirklich einen großen Schlüssel. Sie hatte Glück, denn er paßte, und quietschend öffnete sich das große Holztor.
Mit einem Satz war Friederike draußen, und dann rannte sie stolpernd davon. Nur weg, nur weg! Nach einiger Zeit mußte sie stehenbleiben, weil sie Seitenstechen hatte und kaum mehr Luft bekam. Sie sah sich um und entdeckte in einiger Entfernung eine Kuh. Und da waren auch ein Zaun und ein Weg, und Friederike lief und lief, bis sie zu einer Straße kam. Dort setzte sie sich in den Straßengraben, hielt ihre Knie mit ihren Armen umschlungen und bibberte noch eine lange Weile. Irgendwann hielt ein Auto, und ein freundlicher Mitmensch fuhr sie zu ihrem Käfer.
Friederike sagte natürlich vorsichtshalber nicht, was sie erlebt hatte. Der Fahrer hätte sie sicherlich für total verrückt gehalten. Aber sie beschloß, bei ihrem nächsten Bankbesuch Herrn Lieblich die ganze Geschichte zu berichten. Dem konnte man so etwas erzählen! Das war so ein verständiger Mensch!

Das Baumhaus

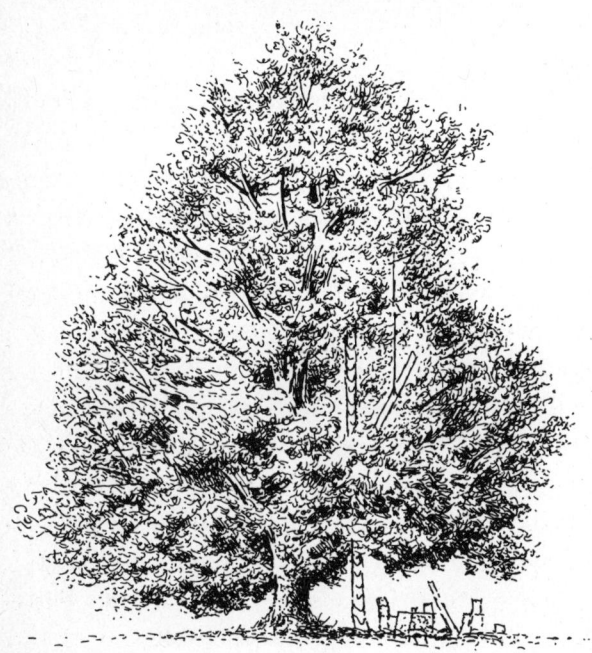

Das Baumhaus in dem verwilderten Park hatte Christof schon lange. Es war so geschickt zwischen die dichtbelaubten Zweige einer dicken Linde gebaut, daß man es von unten nicht sehen konnte. Mit Hilfe einer selbstgebastelten Strickleiter konnte Christof bequem hinaufklettern. Mußte er schwere Dinge, wie Bretter, Limoflaschen oder Werkzeug, hochhieven, benutzte er einen kleinen, selbstgebauten Flaschenzug, auf den er ganz besonders stolz war.

Seine Hütte war großartig eingerichtet. Am Boden lagen Matratzen, Decken und Kissen, an den Wänden hingen Regale, in denen seine Vorräte, sein Werkzeug und seine Lieblingsbücher ordentlich untergebracht waren. Ein kleiner Tisch und zwei Stühle standen in der Mitte, und sogar an eine Blumenvase aus Kristall hatte Christof gedacht. Zwei Poster zierten die Wände. Auf einem war eine Riesenschildkröte abgebildet und darunter stand: *Wir wollen nicht in die Suppe.* Auf dem zweiten waren ein weißes und ein schwarzes Kind, die sich an den Händen hielten, und das schwarze Kind popelte mit dem Zeigefinger des weißen Kindes in seiner schwarzen Nase.
Wenn Christof in sein Baumhaus kletterte, und er kam so oft wie möglich hierher, war die Linde stets belaubt, und die Sonne schien. Nur manchmal ließ der Junge es wegen der Gemütlichkeit ein bißchen regnen. Das war ganz einfach, denn das Baumhaus existierte nur in Christofs Phantasie. In Wirklichkeit besaß Christof kein Haus, keinen Baum und erst recht keinen Park. In Wirklichkeit war er ein schüchterner kleiner Junge, der gar nicht gut klettern konnte und mit einem Hammer selten den Nagel, sondern meistens seinen Daumen traf. Aber Christof war sehr gescheit. In der Schule war er, außer im Turnen und Werken, der mit den besten Noten. Er wußte auch nicht, warum das so war. Aber das Lernen machte ihm keine Mühe. «Es fliegt ihm einfach zu», erzählte seine Pflegemutter immer voller Stolz ihren Nachbarinnen.
Bei seinen Klassenkameraden war Christof nicht sehr beliebt. Weil er schüchtern war, hielten sie ihn für eingebil-

det, und weil er gute Noten hatte, für einen Streber. Und daß er nicht so hieß wie seine Eltern, fanden die anderen Kinder auch komisch und verdächtig. Dabei waren Christofs Pflegeeltern die liebsten Menschen auf der Welt, gutherzig und liebevoll, lustig und voller Verständnis. Aber das wußte nur Christof. Nun braucht ein Kind nicht nur zärtliche Eltern, sondern auch Freunde und Spielkameraden. Und die hatte Christof nicht. Deshalb hatte er sich im Kopf ein Baumhaus gebaut.

Eines Nachts hatte Christof einen schrecklichen Traum. Er kam zu seinem Baumhaus, fand unter der Linde zersplitterte Bretter, zerfledderte Bücher und zerrissene Kissen. Die Strickleiter war nicht an ihrem Platz, sondern hochgezogen, und als Christof hinaufblickte, sah er auf einem der unteren Äste den großen Manfred sitzen. Manfred grinste breit und häßlich und warf mit der Kristallvase nach ihm.

Christof erwachte schweißgebadet und so voll ohnmächtigem Zorn, daß er nicht mehr einschlafen konnte. «Dieser gemeine Kerl», schimpfte er laut vor sich hin. Selbst als er sich klarmachte, daß ja alles nur ein Traum gewesen war, hörte seine Wut nicht auf.

Beim Frühstück war er mürrisch und in der Schule unaufmerksam. Die Lehrerin wunderte sich. Die Wut nagte so sehr an ihm, daß er nichts anderes denken konnte als Rache. Hin und wieder warf er seinem Feind, der wegen seiner Größe in der letzten Bank saß, böse Blicke zu.

In der großen Pause marschierte Christof zielstrebig auf den großen Manfred zu, der mit drei seiner Anhänger in einer entfernten Ecke des Schulhofs stand. So schmächtig er war, er baute sich vor dem großen Manfred auf, spuckte auf den Boden (das hatte er in einem Film gesehen) und sagte voller Verachtung: «Nur weil du groß und stark bist, glaubst du, du darfst alles tun. Du bist gemein und ein Kaputtmacher und...» Dann fiel ihm nichts mehr ein.

Manfred war zwei Schritte auf Christof zugegangen und schaute ihn verärgert und verwundert an. «Sag mal, bei dir ist wohl eine Schraube locker? Ich kann mich nicht erinnern, daß ich dir schon mal eine verpaßt hätte.»

Die Anhänger kicherten, weil das hier spannend zu werden versprach.

«Aber», fuhr Manfred fort, «wenn du meinst, dann leg ich dich Zwerg mal kurz aufs Kreuz.»

Zustimmendes Gemurmel von den Anhängern. «Los, Mani, zeig's ihm!»

«Ach», sagte Mani da gönnerhaft, «ich vergreif mich doch nicht an kleinen Kindern.»

Das war zuviel für Christof. Rot vor Zorn rannte er auf Manfred zu und rammte ihm seinen Kopf in den Bauch. Der klappte, von dem unerwarteten Angriff überrascht, nach vorn wie ein Taschenmesser. Christof war wieder ein paar Schritte zurückgegangen, und als sich nun Manfred mit seiner ganzen Länge wütend auf ihn stürzte, schnellte er mit einer erstaunlichen Wendigkeit zur Seite. Manfred fiel der Länge nach hin.

Die Anhänger wußten nicht so recht, wie sie sich verhalten sollten. Vor allem, weil gerade Frau Meier-Dünnbier

auf die Gruppe zukam. «Was suchst du denn da auf dem Boden, Manfred?» fragte sie.
«Gänseblümchen», erwiderte Manfred grinsend, stand auf und klopfte sich den Staub von T-Shirt und Jeans.
«Habt ihr gerauft?» fragte die Lehrerin.
«Wir? Gerauft?» sagte Manfred. «Kein Stück.»
«Na, dann ab mit euch in euer Klassenzimmer.»
Während sie über den Hof gingen, jagten furchtbar viele Gedanken durch Christofs Kopf. Aber seine Wut war verraucht. Und kurz bevor sie das Klassenzimmer betraten, zupfte er Manfred am Ärmel. «Du, Manfred», sagte er leise, damit die anderen es nicht hören konnten. «Kann ich dich nach der Schule treffen?»
«Klar. Bin für jede Schlägerei zu haben.»
«Das mein ich nicht», sagte Christof, «ich muß dir was erklären. Und danke möcht ich dir auch sagen. Wegen vorhin.»
Manfred zuckte unentschieden mit den Schultern, aber nach der Schule wartete er doch vorn am Schultor.
Allein.
«Also, was ist?» fragte er und schaute mürrisch.
Christof konnte nicht gleich sprechen, denn er mußte noch allen Mut, den er hatte, zusammenkramen. Aber dann begann er leise und stockend von seinem geträumten Baumhaus zu erzählen und wie es ihn traurig machte, daß die Mitschüler ihn nicht mochten, und einfach alles, was er so an Ärger und Trauer schon so lange mit sich herumtrug.
Manfred schaute am Anfang ganz verwirrt und unbehag-

lich, aber später dann lächelte er, und sie gingen ein Stück Heimweg gemeinsam.

Es dauerte noch ein paar Wochen, bis die beiden wirklich Freunde wurden. Doch sie wurden es, und es war für beide sehr schön. Aber am schönsten war, daß Manfreds Oma einen verwilderten Garten hatte und darin zwar keine Linde, aber ein alter Kirschbaum stand. Und in seinen Zweigen bauten sich die beiden ein echtes Baumhaus. Mit Matratzen und Kissen, zwei Stühlen und einem Tisch. Sogar eine Kristallvase mit Sprung erbettelten sie von der Oma. Eine Strickleiter allerdings gab es nicht beim neuen Haus, denn Manfred brachte Christof bei, wie man auch ohne Strickleiter einen Baum hinaufklettern kann.

Die traumhafte Märchenhochzeit

Ich gebe es zu, am liebsten lese ich Märchen. Andere Frauen in meinem Alter stricken Pullover für die Enkel oder zupfen stundenlang an ihren Geranien. Ich trage immer ein Märchenbuch mit mir herum und lese. In der Badewanne und beim Frühstück, im Omnibus und manchmal sogar heimlich während der Arbeit, obwohl das streng verboten ist. Schließlich muß ich auf das chinesische Porzellan aus dem 12. Jahrhundert im Raum 14b aufpassen. Dafür werde ich vom Stadtmuseum in Rudolfingen bezahlt. Aber wenn keine Besucher kommen und ich so ganz allein zwischen meinen Glasvitrinen sitze, dann lese ich oder ich träume. Also letzten Dienstag, gleich nach der Mittagspause, der Sauerbraten lag mir schwer im Magen, hatte ich einen ganz verrückten Traum.

Ich war zu Aschenputtels Hochzeit eingeladen. Das Fest fand natürlich im Königsschloß statt, und als ich eintraf, war der mit 1000 Kerzen erleuchtete Saal schon voller Gäste. Ich kannte viele von ihnen, wenn auch nicht persönlich, so doch vom Lesen.

Die Braut war wunderschön und gurrte wie ein Täubchen mit ihrem Königssohn. Das tapfere Schneiderlein unterhielt sich mit Hans im Glück über Fliegen, die kein Deutsch verstehen, Allerleirauh verriet dem Koch ihr köstliches Brotsuppenrezept, und Schneewittchen alberte mit sechs Zwergen herum. Einer war krank, wurde mir erzählt. Rumpelstilzchen war noch zorniger als sonst, denn niemand wollte von ihm wissen, wie es hieß. Hänsel und Gretel saßen mit Brüderchen und Schwesterchen am Kindertisch und teilten sich einen Riesenlebkuchen, Schneeweißchen und Rosenrot zankten sich wegen des Bären, und der Froschkönig saß mitten auf dem Tisch und aß vom goldenen Tellerlein der jüngsten Königstochter, die so schön war, daß die Sonne selber, die doch so vieles gese-

hen hat, sich verwunderte, sooft sie ihr ins Gesicht schien. Der treue Heinrich stand in der Nähe und paßte auf.
Frau Holle, die mit beiden Maries gekommen war, sprach über den Kopf der Pechmarie hinweg mit Rotkäppchens Großmutter über Probleme der Kindererziehung. Rotkäppchen selbst traf nach mir ein, was mich nicht wunderte, sie hatte wohl wieder einen Blumenstrauß pflücken müssen. In ihrer Begleitung war der Wolf, mit dem sie in unerhörter Weise schäkerte. An einem Tischende hatten sich mehrere Stiefmütter zusammengefunden, die sich aber anscheinend wenig zu erzählen hatten. Eine von ihnen fiel deshalb auf, weil sie dauernd in einen kleinen Spiegel starrte. Dann erschienen die Bremer Stadtmusikanten mit ihren Instrumenten und spielten zum Tanz auf. In den Tanzpausen sang der Hahn etwas eintönige Lieder. Aber eine gute Stimme hat er, das muß man ihm lassen.
Es war eine Bombenstimmung, und als der alte König eine Rede halten wollte, dauerte es einige Zeit, bis wenigstens etwas Ruhe im Saal einkehrte. Der König sprach einen zu Herzen gehenden Trinkspruch auf das junge Paar, und als danach das Volk wieder in Jubelschreie ausbrach, gebot er mit der Hand erneutes Schweigen.
«Liebe Hochzeitsgäste, laßt mich noch ein paar Worte sagen. Wie ihr wißt, habe ich ja noch einen Sohn, der die andere Hälfte meines Königreiches bekommen wird. Nun suche ich für meinen Zweitgeborenen eine Frau. Also –» hier machte der König eine längere Pause und fuhr dann fort – «sie muß nicht unbedingt schön sein, aber klug. Ich stelle euch nun drei Fragen, und wer diese Fragen richtig

beantwortet, der soll meinen zweiten Sohn und die zweite Hälfte des Königreiches bekommen.»
Geraune im Saal. Dann wurde es wieder still, denn der König sprach weiter.
1. Frage: Warum ist Dornröschen heute abend nicht hier?
2. Frage: Was ist Rapunzel?
3. Frage: Wer sprang in den Ofen?
Der König hatte geendet, aber den Gästen hatte es die Sprache verschlagen. Nur ganz allmählich fingen sie zu flüstern und zu tuscheln an.
Ich ging durch den Saal, von einer Gruppe zur anderen, und belauschte die Gespräche.
«Obwohl ich sieben auf einen Streich erledigt habe», meinte das tapfere Schneiderlein, «bei diesen Fragen muß ich passen.»
«Was willst denn du mit einem Königssohn?» fragte Rotkäppchen vorlaut und zupfte von einer Margerite die Blütenblätter ab.
«Man erzählt sich, der Prinz sei häßlich wie die Nacht und einäugig obendrein», wisperte die Pechmarie ihrer Schwester zu.
«Das mußt ausgerechnet du sagen», erwiderte die Goldmarie spitz.
«Rätsel liegen mir einfach nicht», sagte Schneewittchen. «Hauptsache ich habe euch!» Dabei schaute sie ihre sechs Zwerge liebevoll der Reihe nach an.
Ihre Stiefmutter hatte sich in eine Ecke zurückgezogen und befahl ihrem Spiegel: «Spieglein, Spieglein in meiner Hand, du gibst mir sofort die Lösung bekannt.»

*1. Frage: Warum ist Dornröschen
heute abend nicht hier?*

2. Frage: Was ist Rapunzel?
3. Frage: Wer sprang in den Ofen?

Doch der Spiegel hatte keine Lust zu antworten oder wußte nichts. Jedenfalls blieb er stumm.

Rumpelstilzchen sprang im Kreis herum, stampfte mit dem Fuß auf und schrie immerzu: «Ach wie gut, daß niemand weiß, wie des Rätsels Lösung heiß.»

Das war zwar grammatikalisch falsch, aber es schien das kleine Männchen nicht zu stören.

Der Frosch schmachtete seine jüngste Königstochter an und meinte: «Was soll ich mit diesem Prinzen? Häßlich bin ich selber.»

Hans im Glück strengte seinen Kopf erst gar nicht an, er vertraute wie immer auf sein Glück, Rotkäppchens Großmutter fühlte sich zum Heiraten zu alt und schwach, und Brüderchen und Schwesterchen dachten nur an sich.

Es wurde trotzdem viel gerätselt, die komischsten Lösungen wurden angeboten, aber richtig geraten hat niemand. Außer mir. Denn mir, als echter Märchenkennerin, war sofort klar, daß Dornröschen nicht gekommen war, weil sie verschlafen hatte, Rapunzel in erster Linie ein Salat ist und das dritte Geißlein in den Ofen springt. Ich habe lange mit mir gerungen, ob ich oder ob ich nicht. Aber was soll ich mit einem halben Königreich und einem jungen, aber häßlichen Mann? Meiner ist zwar schon alt, aber dafür recht hübsch. Und Königreiche, auch wenn es nur halbe sind, bringen einen Haufen Ärger. Also beschloß ich aufzuwachen. Es wurde aber auch allerhöchste Zeit, denn in dem Augenblick stürmte eine 6. Klasse mit Lehrerin den Raum 14 b des Stadtmuseums in Rudolfingen.

Wilde Johannisbeeren

«Mami, bitte, erzähl mir von der amerikanischen Urgroßmutter!» bat Anna und blinzelte mit fiebrigen Augen. «Das war deine Urururgroßmutter!» Die Mutter ließ gerade den zwölften Tropfen einer Medizin auf einen Teelöffel fallen.

«Ich bin krank und will mich jetzt nicht mit dir streiten», sagte die Tochter, «auf ein paar Uhren mehr oder weniger kommt es mir nicht an.»

«Mund auf!» befahl die Mutter und flößte Anna die Tropfen ein. Dann fuhr sie fort: «Mit Uhren hatte deine Ururgroßmutter nichts am Hut. Also, wie du ja weißt, wurde Annie Ward 1840 im Staat Missouri in Amerika geboren. Ihre Eltern betrieben eine kleine Landwirtschaft, die viel Arbeit machte, aber wenig Geld brachte. Und irgendwann hörten sie von dem wunderbaren Land im Westen, wo das Gold auf der Straße liegen sollte und Milch und Honig fließen.»

«In echt?» fragte Anna dazwischen und stellte sich einen Milchsee und einen Honigbach vor.

«Nein», erwiderte die Mutter lächelnd, «so nennt man eine sehr fruchtbare Gegend.»

«Weiter», sagte Anna und ruckelte sich bequem zurecht.

«Nun, Annies Eltern ließen sich von der Wanderlust ihrer Nachbarn und Freunde anstecken und schlossen sich einer Reisegruppe an, die im Frühjahr 1851 nach Westen ziehen wollte. Annie war damals elf Jahre alt und hatte noch drei jüngere Geschwister. Das Kleinste, ein Mädchen, war gerade neun Monate alt. Die Eltern verkauften ihr Haus, ihr Land und bis auf drei Milchkühe ihr gesamtes Vieh. Von dem Geld erstanden sie einen Planwagen, vier Ochsengespanne, 200 Pfund Mehl, 150 Pfund Speck, 100 Pfund Kaffee, 20 Pfund Zucker, 10 Pfund Salz und einen Sack getrockneter Bohnen. Natürlich brauchten sie auch ein Gewehr und Munition, Streichhölzer und Talgkerzen, Backpulver und Seife, Seile und Nähzeug und ähnlichen Kleinkram mehr.

«Woher weißt du das eigentlich alles so genau?» fragte Anna.

«Ich habe das Tagebuch von Annie Ward mindestens fünfmal gelesen, und da steht das alles drin. Fast alles», fügte sie dann noch hinzu.

«Also weiter. Der Weg in den Westen war weit, und die Reise dauerte Monate. Die Menschen mußten ihre schwerbeladenen Wagen und ihr Vieh durch breite Flüsse und tiefe Schluchten führen, hohe und felsige Berge überqueren und durch endlose, staubige Wüsten ziehen. Oft wurden die mitgenommenen Vorräte knapp, oft gab es tagelang kein Wasser und kein Gras für das Vieh. Manchmal goß es in Strömen, und der Boden weichte auf. Die Tiere mußten dann die schweren Wagen durch Matsch und Schlamm ziehen, und die Menschen mußten schieben. Wenn die Sonne vom Himmel brannte, litten alle unter der glühenden Hitze, und der feine Staub machte die Augen fast blind. Es gab ansteckende Krankheiten und keine richtige Medizin, Knochenbrüche und keinen Doktor, Geburten und keine Hebamme, wild gewordene Büffelherden und trotzdem kein frisches Fleisch. Und es gab die Indianer.

Die wenigsten Siedler wußten, daß das Land, durch das sie zogen, seit Tausenden von Jahren den Indianern gehörte. Weil die Weißen auf ihrem Weg keine festen Häuser und keine Zäune sahen, dachten sie, das Land sei frei und gehöre niemandem. Die Indianer jedoch lebten nicht vom

Ackerbau, sondern von der Jagd, und sie wanderten im Land umher, immer auf der Suche nach guten Jagdgründen. Da war es natürlich viel praktischer, in leichten Zelten zu wohnen, die man schnell auf- und abbauen konnte.

Als die ersten Siedler nach Westen zogen, waren die Indianer zwar voller Neugier, aber meistens freundlich. Sie halfen den Reisenden beim Überqueren von Flüssen, führten sie durch unwegsames Gelände und tauschten gern einen fetten Lachs oder ein Stück geräuchertes Bisonfleisch gegen Baumwollhemden oder selbstgebackene Kekse. Aber als immer mehr Siedler in ihr Land strömten, fühlten die Indianer sich bedrängt und ihre Zukunft bedroht, und sie wurden immer gereizter und angriffslustiger. Manche Wagenburg wurde überfallen und ausgeraubt, Menschen wurden verletzt oder getötet. Aber es starben wohl mehr Siedler an gefährlichen Krankheiten als durch Überfälle der Indianer. Trotzdem war die Angst groß, und die wildesten und schauerlichsten Geschichten wurden immer und immer wieder erzählt.»

Annas Mutter hielt inne. Aber da machte das Mädchen die Augen auf, und die Mutter fuhr fort zu erzählen. Sie schilderte die riesigen Büffelherden, die einst über die Prärien Nordamerikas gezogen waren, und erzählte, daß die Indianer fast ausschließlich von diesen Bisons gelebt hatten. Sie waren die Grundlage für Nahrung, Kleidung und Werkzeug.

Die Siedler jedoch hatten vom Leben der Indianer wenig Ahnung. Für sie waren diese Rothäute furchterregende

Gestalten, die ihre Gesichter bemalten, merkwürdige Kleider trugen, in einer unverständlichen Sprache sprachen und sie auf ihrem Weg in das Gelobte Land bedrohten.»

Jetzt war Anna wirklich eingeschlafen. Die Mutter stopfte das Deckbett ein wenig zurecht, legte noch einmal die Hand auf ihre fiebrige Stirn und verließ dann leise den Raum.

Anna aber träumte. Sie war Annie, saß hinten auf dem Planwagen in einer Wolke von Staub, der von den Hufen der Ochsen, Maulesel und Pferde aufgewirbelt wurde, und baumelte mit den Beinen. Ihr Vater, vorn auf dem Kutschbock, lenkte das Ochsengespann, ihre Mutter, daneben, knetete auf dem Sitz einen Brotteig. Im Wagen schlief das Baby. Annies Brüder, John und Fred, liefen mit anderen Jungen dem Wagen voraus. Vierzehn Planwagen zockelten nun schon seit vier Monaten hintereinanderher. Plötzlich zog Annies Vater die Zügel an und brachte die Ochsen zum Stehen. Fred kam angerast und berichtete, daß der erste Wagen an einem kleinen See angehalten hätte.

«Wunderbar», sagte Annies Mutter und drehte sich zu ihrer Tochter um. «Dann waschen wir heute. Such schon mal die Sachen raus.»

Annie kroch sofort in den Wagen und kramte die Schmutzwäsche zusammen. Sie tat es ohne Murren, denn sie wußte, daß ihre Hilfe notwendig war.

«Meine weiße Schürze auch?» fragte sie.

«Natürlich», meinte Mrs. Ward, ohne sich umzublicken.

«Alles ist dreckig, und wer weiß, wann wir wieder waschen können.»
Die Wagen wurden im Kreis aufgestellt, die Tiere ausgespannt und zum Tränken geführt. Mrs. Ward nahm aus einem Eimer ein paar Scheiben getrockneten Büffelkot und machte ein Feuer. Die Jungen holten Wasser vom See und schütteten es in den großen Kessel, der schon über dem Feuer hing. Kurze Zeit später rieben und rubbelten Annie und ihre Mutter in einem Zuber Hemden und Hosen, Windeln und Handtücher und natürlich auch die weiße Schürze. Die Wäsche wurde gespült und ausgewrungen und dann zum Trocknen über kleine Lorbeerbüsche gelegt.
Später am Nachmittag bat Annie ihre Mutter, in das kleine Wäldchen hinter dem See gehen zu dürfen.
«Vielleicht finde ich ein paar Beeren», meinte sie und nahm ein Eimerchen mit.
Sie ging um den See herum und betrat einen kleinen, lichten Mischwald mit viel Unterholz und Gebüsch. Vorsichtig wich sie den giftigen Efeuranken aus, die bei Berührung die Haut verbrennen und Fieber verursachen. Die Luft war klar und würzig, und Annie atmete tief. Vögel zwitscherten, und große Falter schwirrten umher. Annie genoß es, allein zu sein, weit weg von dem Lärm und dem Staub des Zuges. Nach kurzer Zeit stolperte sie fast über mehrere Sträucher wilder Johannisbeeren. Die Früchte waren klein, aber süß und sehr aromatisch. Annie stopfte sie voller Heißhunger in ihren Mund. Erst als sie satt war, pflückte sie für ihr Eimerchen. Die Eltern und die Brüder

würden sich über die Abwechslung zum Abendessen freuen. Annie fühlte sich so wohl, daß sie leise vor sich hin pfiff. Das durfte sie sonst nicht. Ihre Mutter meinte, das schicke sich nicht für eine junge Dame.
Als Annie einmal von ihrer Pflückerei hochblickte, sah sie in ein braunes Gesicht, keine zehn Meter entfernt. Das Mädchen ließ vor Schreck das Eimerchen fallen, blieb aber wie gelähmt stehen, starr vor Angst. Jetzt teilten sich die Büsche, und ein junger Indianer kam langsam näher. Annie starrte weiterhin nur in sein Gesicht, ein Gesicht, das breit und freundlich lächelte. Der Junge mochte wenig älter als sie selber sein. Annie hatte noch nie einen so jungen Indianer gesehen, und sie erschrak selbst bei dem Gedanken, der plötzlich ihren ganzen Kopf ausfüllte. «Mein Gott, ist der hübsch.»
Jetzt blieb der Junge stehen und machte ein paar Zeichen mit der Hand, die Annie aber nicht zu deuten wußte. Dann kam er noch zwei Schritte näher. Sie sah ihn sich genauer an. Der Junge trug einen kurzen Rock aus hellbraunem Leder, Mokassins und eine Weste mit Fransen. Um die Stirn hatte er ein grünes Band gebunden, und um den Hals hing ihm ein kleiner Lederbeutel. Er lächelte immer noch, und Annie wurde feuerrot. Und weil sie das fühlte, bückte sie sich und sammelte die Beeren vom Boden auf. Als sie wieder hochblickte, hatte der Junge zwei Hände voll Beeren gepflückt, die er ihr mit ausgestreckten Armen hinhielt.
Annie sagte höflich danke, und der Junge sagte etwas, was sie nicht verstand. Dann lachten beide und pflückten ge-

meinsam wilde Johannisbeeren. Und wenn sich hin und wieder ihre Hände zufällig berührten, dann zuckten beide zusammen, und Annie wurde rot. Plötzlich wieherte leise ein Pferd. Der Junge hob den Kopf, blickte Annie an, deutete in eine Richtung und rannte los. Doch schon nach zwei Schritten blieb er stehen, nestelte an seinem Brustbeutel und holte einen dunkelgrün schimmernden Stein hervor. Er kam ganz nah an Annie heran, legte ihr den Stein in die Hand, berührte sie am Arm und lief leichtfüßig davon. Nach ein paar Sekunden war er wie vom Erdboden verschluckt.

Annie stand da, hielt in ihren heißen Händen den Stein und das Eimerchen, und ihr Herz klopfte so wild, daß sie immer wieder schlucken mußte, um sich zu beruhigen. Nach einer Weile merkte sie, daß die Sonne schon lange Schatten warf, und schnell rannte sie zum Lager zurück.

Aber sie war nicht so umsichtig wie vorhin und streifte aus Versehen einen dieser giftigen Efeusträucher. Der Schmerz in ihrem Unterarm durchzuckte sie, und beinahe hätte sie ihr Eimerchen wieder fallen lassen. Die Haut brannte, es trieb ihr die Tränen in die Augen. Am See kniete sie nieder und wusch ihren Arm gründlich mit Wasser ab. Das kühlte, aber nur für einen Augenblick. Die Mutter rieb später die Haut mit Speck ein, aber auch dieses Hausmittel half nicht. Am Abend hatte Annie hohes Fieber. Vom Schüttelfrost gebeutelt, lag sie unter fünf Decken im Wagen. Fest in der linken Faust hielt sie den dunkelgrünen Stein versteckt.

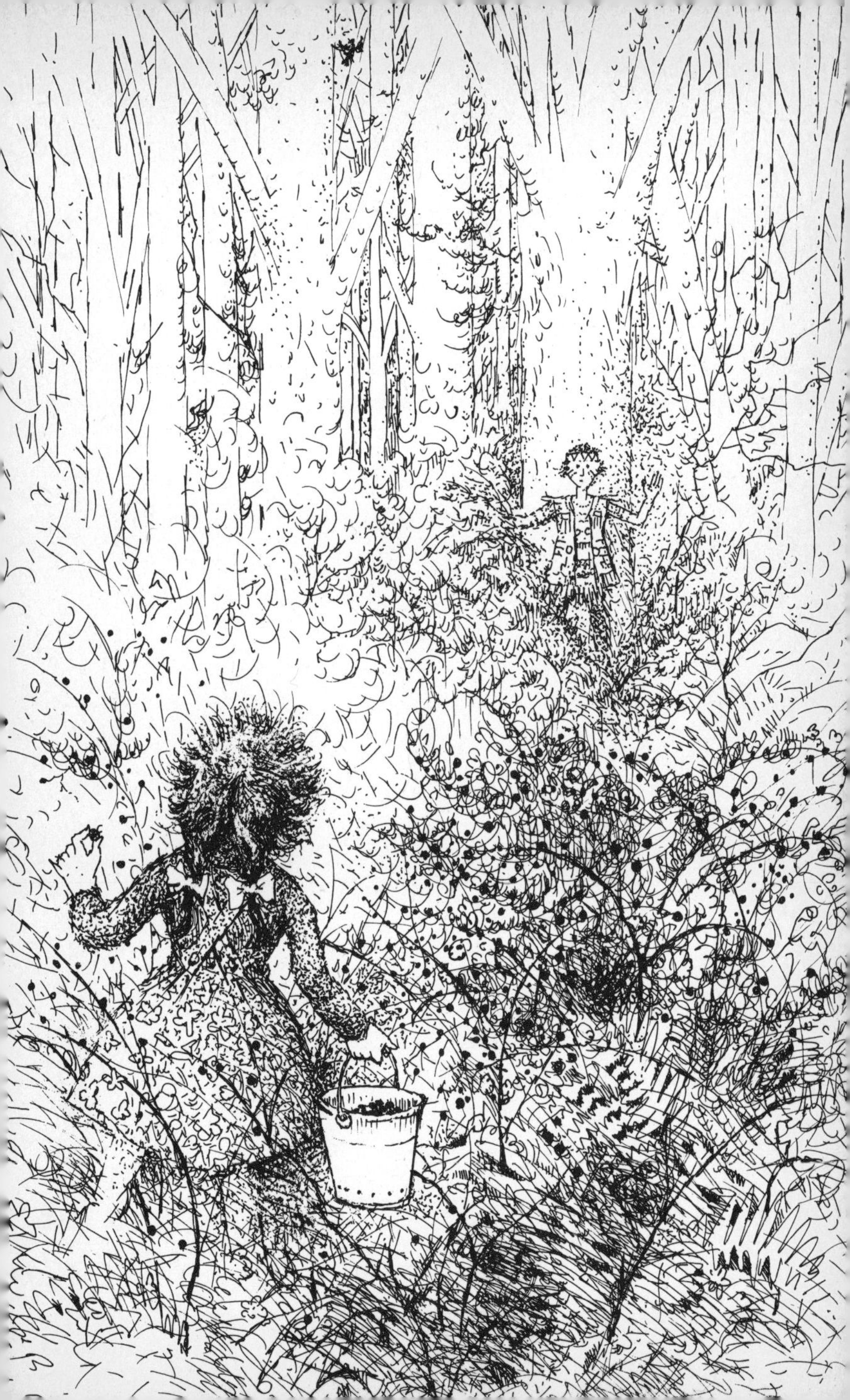

Als Annas Mutter vor dem Schlafengehen noch einmal nach ihrer Tochter sah und ihr über die Stirn strich, fühlte sich die nicht mehr so heiß an. Die Mutter wollte gerade das Zimmer verlassen, da bemerkte sie, daß Anna die linke Hand so krampfhaft geschlossen hielt. Sie streichelte die Finger so lange, bis sie sich lösten und ein dunkelgrüner Stein auf das weiße Laken fiel. Kopfschüttelnd nahm die Mutter den glatten, glänzenden Stein und legte ihn neben das Kopfkissen des Mädchens.

Das Schloß auf der Insel

Die Kinder saßen um das Lagerfeuer, hatten aber an diesem Abend keine Lust zu singen. Sebastians Gitarre hing am Ast eines Birnbaumes, und nur der sanfte Wind versuchte auf den Saiten zu spielen. Die Kinder waren müde. Sechs Stunden waren wir heute gewandert, die meisten hatten dann noch Volleyball oder Fußball gespielt und abends zuviel Wiener Schnitzel und Pommes frites in sich hineingestopft. Es war der letzte Abend im Schullandheim. Fast alle freuten sich auf daheim und waren trotzdem traurig, daß die Zeit hier zu Ende ging. Mir hatte die Woche mit den Kindern auch gut gefallen. Obwohl es für eine Lehrerin ganz schön anstrengend ist, auf so eine Horde Kinder aufzupassen. Aber außer kleineren Katastrophen, wie Übelkeit und Nasenbluten, zerschrammten Knien und zerbrochenen Brillen, war nichts Schlimmes passiert.

Das Feuer war niedergebrannt, und die Gesichter der Kinder waren im Dunkeln verborgen.

«Weiß denn keiner eine schöne Gespenstergeschichte? So als Betthupferl gewissermaßen?» fragte ich, ohne wirklich auf eine Antwort zu warten. Ich hatte mir schon eine kurze Geschichte ausgedacht, die ich ihnen noch erzählen wollte.

«Ich weiß eine», kam da plötzlich eine Stimme aus der Dunkelheit, «eine echte sogar, eine, die wirklich passiert ist.»

«Echte Gespenstergeschichten gibt es gar nicht», sagte Max, der sowieso immer alles besser wußte.

«Meine Geschichte ist aber echt. Mein Vater hat sie nämlich selbst erlebt.»

«Das sagt noch gar nichts», brummte Max.

«Ach, Max, du bist doof, jetzt laß doch den Flori seine Geschichte erzählen und mecker nicht dauernd dazwischen.»

Das war Anita oder Gaby. Die beiden hatten so ähnliche Stimmen.

«Also», fing Florian an und setzte sich ein wenig aufrech-

ter hin. «Als mein Vater ein kleiner Junge war, verbrachte er seine Ferien immer bei seinen Großeltern...»
Florian sprach mit leiser und ruhiger Stimme und erzählte von dem Haus am See, von dem Boot am Ufer und von dem geheimnisvollen Schlößchen auf der kleinen Insel, die man nicht betreten durfte. Richard, so hieß Florians Vater, war schon öfter mit seinem Großvater um die Insel gerudert. Hohe, seltene Bäume, dichtes Unterholz und Schilf versperrten die Sicht auf das kleine Schloß. Nur an einer Stelle konnte man vom Boot aus die Steinterrasse sehen und dahinter riesige Fenster, deren Sprossen weiß lakkiert waren. Richard hätte ohne Zögern alle seine Murmeln hergegeben, wenn sein Großvater dafür das Boot an dem kleinen, schadhaften Steg festgemacht hätte.
In dem Sommer, als die Geschichte passierte, wurde Richard acht Jahre alt. Schon gleich nach seiner Ankunft hatte die Großmutter ihm erzählt, daß die Baronin, die Besitzerin der Insel, gestorben sei.
«Und wer bekommt jetzt das schöne Schloß?» wollte Richard wissen.
Die Großmutter zuckte mit den Schultern. «Das weiß man nicht so genau. Sie hatte zwar einen Neffen, aber der hat sich nie um seine Tante gekümmert. Soll ein ziemlicher Hallodri sein!» fügte sie dann noch hinzu.
Richard hatte zwar keine genaue Vorstellung, was ein Hallodri ist, ahnte es aber.
«Und die alte, taube Lisbeth, die der Baronin seit fünfzig Jahren den Haushalt versorgt hat, die ist jetzt in einem Altersheim.»

Richard hätte zu gern noch mehr erfahren, aber da waren Händewaschen und Abendessen wieder wichtiger. Am nächsten Tag trieb sich Richard unten am Strand herum und stellte mit Zufriedenheit fest, daß das Ruderboot immer noch an der gleichen Stelle im Wasser schaukelte und allem Anschein nach dicht war. Sehnsüchtig blickte er immer wieder zur Insel hinüber und wartete auf eine günstige Gelegenheit.
Und die kam. Der Großvater war mit dem Zug in die Stadt gefahren und würde erst am Abend zurückkommen. Die Großmutter wollte Himbeergelee kochen, und da war es ihr ganz recht, daß Richard den Tag bei seinem Ferienfreund Kurti verbringen wollte. Aber Kurti war nicht zu Hause und Richard darüber nicht traurig. Er rannte zum Strand, stieg ins Boot und ruderte los. Nur, wenn Großvater ruderte, sah das immer so leicht und mühelos aus. Richard mußte sich mächtig anstrengen, die Ruder gleichmäßig einzutauchen und dann damit das Wasser wegzudrücken. Die Fahrt dauerte sehr lange, und Schweiß stand auf seiner Stirn, als er endlich am kleinen Bootssteg der Insel anlegte. Sorgfältig vertäute der Junge das Boot, und dann ging er mit klopfendem Herzen den fast zugewachsenen Pfad entlang. Er hatte keinen Blick für die schönen Bäume, und das vielstimmige Gezwitscher der Vögel hörte er kaum.
Das Schloß! Da lag es vor ihm. Es war viel kleiner, als er es sich vorgestellt hatte, und als er die Stufen zur Terrasse hinaufging, bemerkte er, daß viele Steine geborsten waren und Gras in den Fugen wuchs. Aber schön war es hier,

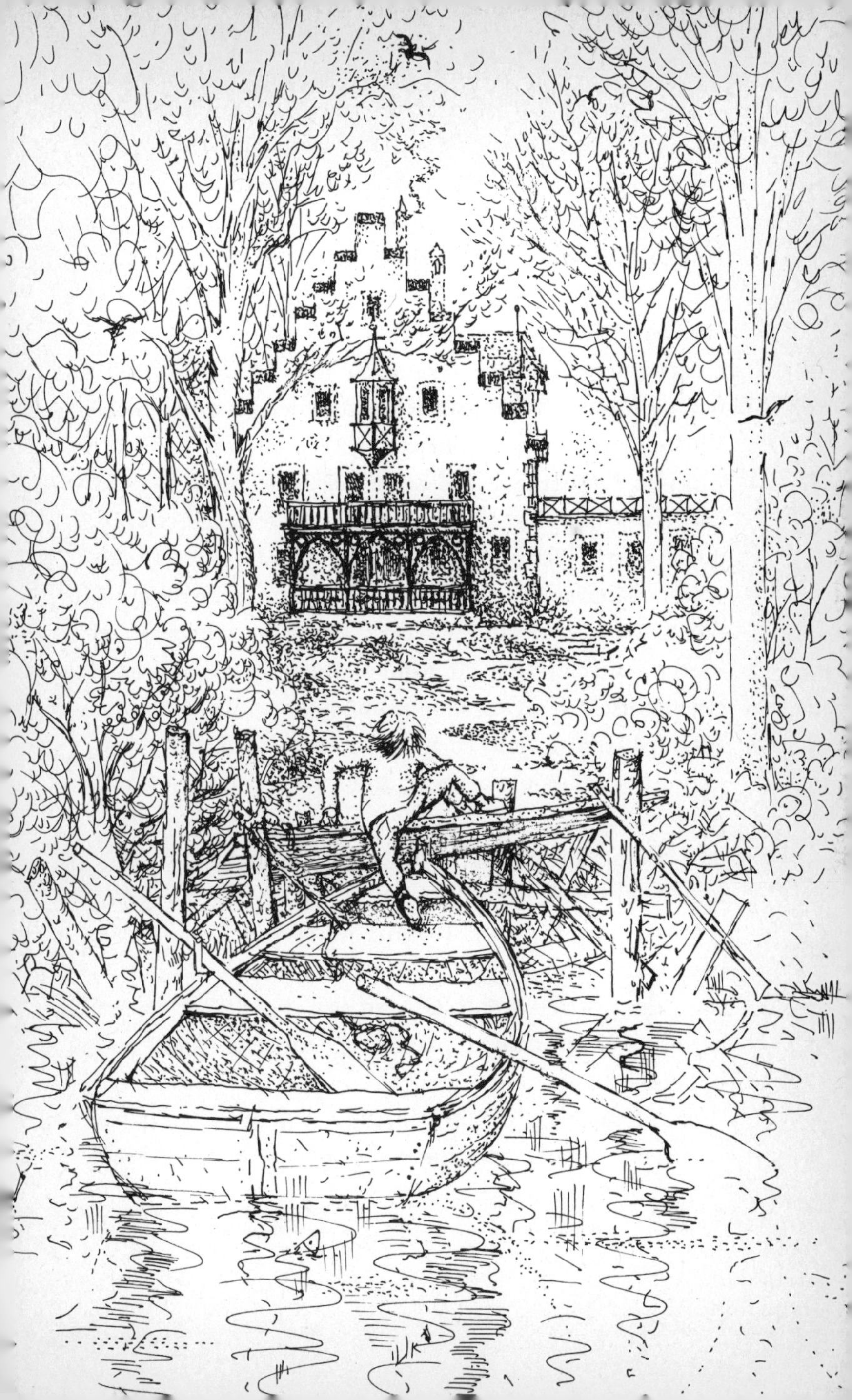

wunderschön! Verwilderte Rosen rankten sich an den Mauern hoch, Eidechsen sonnten sich auf den warmen Steinen, und Hunderte von Schmetterlingen flatterten um einen hohen Busch.

Richard hätte gern durch die Scheiben in das Innere geschaut, doch die Fenster waren mit dichten weißen Gardinen verhängt. Auf einmal sah er, daß eines der Fenster einen winzigen Spalt offenstand und sich ganz leicht nach oben schieben ließ. Natürlich wußte der Junge, daß das Einsteigen in fremde Häuser verboten ist, und trotzdem tat er es. Er schlüpfte zwischen zwei Vorhangbahnen hindurch und stand in einem großen, langgestreckten Raum, auf dessen Decke und Wände grüne Efeuranken gemalt waren. Ein riesiger Kamin aus hellgrünem Marmor teilte den Saal in zwei Hälften. Rechts stand ein schwarzer, polierter Eßtisch mit zwölf Stühlen, links ein zierlicher Schreibtisch. Und auf dem Stuhl davor saß eine alte Frau.

Richard konnte nicht verhindern, daß er vor Schreck «Huch» machte und seine Hände vor Angst in den Vorhang krallte. Sie sah so sonderbar aus, die Frau, so weiß im Gesicht und so wächsern. Jetzt hob sie die Hand und machte eine winkende Bewegung.

«Wer sind Sie?» schrie Richard, und seine Stimme klang heiser. Die Frau legte den Finger an ihren Mund und sagte dann so leise, daß Richard es fast nicht verstehen konnte: «Komm näher, mein Junge, du mußt keine Angst haben.»

Richard machte ein paar Schritte auf sie zu, blieb dann aber doch in sicherer Entfernung stehen. Genau betrach-

tet, sah sie nicht böse aus, jetzt lächelte sie sogar, und das gab ihrem Gesicht fast etwas Lebendiges. Sie trug ein langes dunkelgrünes Kleid aus feinem Stoff mit einem weißen Spitzenkragen. Ihr schwarzgrau meliertes Haar war schön frisiert und mit einem perlenbesetzten Kamm hochgesteckt.
«Wie heißt du, mein Kind?» fragte die alte Dame und lächelte jetzt sogar mit den Augen.
Der Junge mußte sich erst räuspern, bevor er «Richard» sagen konnte.
«Dich hat mir der Himmel geschickt, weißt du das?»
Na, na, dachte Richard, schwieg aber lieber und schüttelte den Kopf.
«Komm, nimm Platz, ich muß dir einiges erklären.»
Richard setzte sich vorsichtig auf die vordere Kante eines Sessels.
Die alte Dame machte eine kleine Verbeugung mit dem Kopf und sagte: «Ich bin Irmgard Baronin von Hirschenberg, das heißt, ich war es, denn auch wenn du es mir nicht glaubst, eigentlich bin ich tot.» Die Baronin machte eine Pause und wartete auf Richards Reaktion.
«Doch, doch», sagte Richard, und seine Stimme klang wieder normal. «Das glaub ich Ihnen. Man sieht's.»
«Sehr?» fragte die Baronin und strich sich übers Haar.
«Nur ein bißchen», versicherte Richard höflich.
«Es ist nicht zu ändern. Also weiter. Ich finde im Grab keine Ruhe, weil ich zu Lebzeiten nicht rechtzeitig ein Testament geschrieben habe. Eigentlich war es mir immer egal, wer nach meinem Tod das Haus und die Insel erben

würde, mein Neffe zum Beispiel. Doch zwei Tage vor meinem Tod erhielt ich seit zwanzig Jahren den ersten Brief von ihm. Einen ungezogenen Brief! Aus Australien! Darin schreibt er... Ach, ist ja auch gleichgültig, was er geschrieben hat. Ich hab mich jedenfalls über seine Unverschämtheit so geärgert, daß ich beschloß, ein Testament zu schreiben und ihn zu enterben. Nun habe ich mein ganzes Vermögen dem Staat vermacht, mit der Bedingung, daß meine Insel eine Ferieninsel für Kinder wird.» Die Baronin machte wieder eine Pause.
«Dann ist doch alles bestens», sagte Richard etwas altklug.
«Nein, ist es eben nicht!» Auf der wachsweißen Stirn war jetzt eine zornige Falte. «Ich bin zu schnell gestorben und hatte keine Gelegenheit mehr, das Testament meinem Anwalt zu übergeben. Aber ohne das hier», und dabei fuchtelte sie mit einem Stück Papier herum, das sie vom Schreibtisch genommen hatte, «ohne dieses Dokument wird mein nichtsnutziger Neffe alles erben.»
Richard gab sich ehrlich Mühe, aber er hatte Schwierigkeiten, das alles zu verstehen.
«Auf dem Zettel da steht doch, was Sie wollen, also das mit der Ferieninsel und so.»
«Richtig. Aber wenn mein Neffe hier auftaucht, und keiner kann ihn daran hindern, dann wird er diesen Zettel, wie du es nennst, einfach verbrennen und alles erben.»
«Jetzt hab ich's kapiert», sagte Richard.
«Na, Gott sei Dank!» Die Baronin seufzte vor Erleichterung. «Alles, was ich von dir erbitte, ist, daß du die Adresse

meines Anwalts auf ein Kuvert schreibst, eine Marke darauf klebst, den Brief mitnimmst und in den Kasten wirfst.»

«Mach ich doch», sagte Richard. «Aber können wir uns etwas beeilen, ich muß dringend nach Hause.»

Es dauerte dann doch noch eine ganze Weile. Denn obwohl sich Richard große Mühe gab, verbrauchte er fünf Briefumschläge, bis die Adresse fehlerfrei und gut lesbar war.

Zum Dank wollte die Baronin ihm einen goldenen Ring schenken. Aber Richard lehnte ab. Es hätte sowieso niemand geglaubt, daß er den Ring geschenkt bekommen hatte.

Richard, mit dem Brief in der Hand, kroch wieder durchs Fenster und lief dann schnell den Pfad entlang. Kurz vor dem Bootssteg drehte er sich noch einmal um, und da sah er, daß die Baronin am Fenster stand und ihm zuwinkte. Er winkte zurück.

Die Heimfahrt über den See war noch schlimmer als die Herfahrt, denn ein Wind war aufgekommen, der das Wasser Wellen schlagen ließ. Den Brief im Hosenbund, kämpfte Richard über eine Stunde lang, bis er endlich völlig erschöpft das Ufer erreichte.

Seine Großmutter hatte sich über sein Ausbleiben so aufgeregt und so geängstigt, daß sie ihm sofort eine Ohrfeige verpaßte, als er in die nach Himbeeren duftende Küche trat.

Am nächsten Morgen brachte Richard den Brief zur Post, und zwei Jahre später spielten Kinder auf der Insel Robinson Crusoe.

Als Florian geendet hatte, herrschte lange Zeit Stille, bis Max dringend eine Bemerkung machen mußte.
«Ich glaub das nicht! Vielleicht hat dein Vater das alles nur geträumt?»
Ich mußte Anita – oder war es Gaby? – zurückhalten, sonst hätte die den Max am Ende noch verhauen.

Auf der Suche nach dem Paradies

Auf seinen Traumreisen war Herr Schnem schon weit in der Welt herumgekommen. Er hatte die Wüsten Afrikas auf dem Rücken eines Kamels durchquert, Kanadas Wälder zu Fuß durchwandert, war auf einem Pferd durch die Prärien Amerikas geritten, durch Griechenland mit dem Fahrrad gefahren und über den Nordpol in einem Fesselballon geflogen. Auf den Straßen und Gassen der Städte, auf Märkten und Plätzen der Dörfer, in Wirtshäusern und

Einödhöfen, überall hatte er die Menschen beobachtet und mit ihnen geredet. Er hatte an den schönsten Orten der Welt nach den wirklich guten und glücklichen Menschen gesucht, also nach dem Paradies. Aber er konnte und konnte es nicht finden. Er traf ehrliche und hilfsbereite Leute in Städten, in denen man nicht atmen konnte, und gemeine und habgierige auf dem Land, wo es friedlich schien.

Jedoch eines Tages landete Herr Schnem mit seinem Einmannsegler an einer winzigen Insel. Vielleicht war es in der Südsee. Es kann auch im Indischen Ozean gewesen sein. Das Wasser war smaragdgrün und klar und der Sand, über den er sein Boot zog, fein und glänzend wie Gold. Palmen säumten den Strand, und ein wunderbares Gemisch aus Blumendüften wehte in seine Nase.

Nun war Herr Schnem nicht so leicht zu beeindrucken, denn er hatte, wie bereits erwähnt, viele herrliche Fleckchen Erde gesehen. Aber hier gefiel es ihm doch besonders gut. Während er sich noch an einem Schwarm knallbunter Papageien freute, die auf einem Hibiskusbaum lärmten, trat plötzlich ein Häuflein Menschen aus dem Schatten der Bäume. Unser weitgereister Herr Schnem hatte natürlich schon Menschen aller Hautfarben kennengelernt, schwarze und braune, weiße, rote und gelbe. Aber grünen war er auf seinen Traumweltreisen noch nie begegnet. Und diese Menschen hier waren grün, hellgrün, um genau zu sein. Ihre Haut und ihre Haare waren hellgrün und ihre Augen auch.

Herr Schnem starrte sie zutiefst verwundert an, dann

nahm er sich zusammen, trat auf sie zu und grüßte sie in menschlicher Sprache. Nun muß man wissen, daß das Menschliche überall auf der Welt verstanden wird. Herr Schnem hatte mit dieser Sprache immer die besten Erfahrungen gemacht. Die Grünen lächelten freundlich und luden den Gast ein, ihnen zu folgen.
Auf einem kleinen Trampelpfad kamen sie zu einer Ansammlung von Bambushütten, die in den Schatten von hohen Bäumen gebaut waren. Herr Schnem wurde mit Kokosmilch und saftigen Früchten bewirtet, man plauderte über dies und das, und die Stunden vergingen wie im Fluge. Gegen Abend bedeckte sich der Himmel ganz plötzlich mit Wolken. Herr Schnem bekam eine Bambushütte mit Hängematte zugewiesen und wurde eingeladen, am täglichen Waschfest teilzunehmen. Alle Grünen und ihr Gast marschierten zum Strand, und da fielen auch schon die ersten Tropfen. Dann prasselte ein herrlich erfrischender Regen auf alle nieder. Die Grünen sprangen juchzend umher, rubbelten ihre hellgrüne Haut und sangen ein Herrn Schnem unbekanntes Lied dazu. Nach etwa fünf Minuten hörte der Regen so plötzlich auf, wie er angefangen hatte, und die Sonne kam wieder hervor. Die Grünen schüttelten ihre nassen hellgrünen Haare, daß die Tropfen nur so flogen, und kurze Zeit später hatte die warme Luft alle abgetrocknet. Nun suchte sich jeder ein Plätzchen, das ihm gefiel, setzte sich in den weichen Sand oder unter eine Palme und wartete still und für sich auf das Schauspiel des Sonnenuntergangs.
Herr Schnem hatte ja, wie gesagt, im Traum schon viel

erlebt und natürlich auch Sonnenuntergänge aller Art, aber dieser hier war einmalig schön. Ein Regenbogen, der sich über den ganzen Himmel spannte, schillerte und leuchtete in so kräftigen und satten Farben, daß Herr Schnem den Mund aufmachen mußte, um es auszuhalten. Und genau in der Mitte des Bogens fiel eine leuchtendrote Sonne ganz langsam in das grüne Meer. Dann wurde es schnell dunkel, und als die Gruppe sich auf den Heimweg machte, blinkten am Himmel schon die Sterne.

Herr Schnem blieb lange auf der Insel und lernte die Menchen und ihre Sitten und Bräuche kennen. Die Kleinen und die Großen hatten alle gleiche Rechte und Pflichten. Wenn ein Grünling das sechste Lebensjahr vollendet hatte, bekam er eine eigene Bambushütte, eine Kokospalme und zwei grüne Hühner, die selbstverständlich grüne Eier legten. Hütte, Baum und Hühner mußten versorgt werden, aber das waren auch die einzigen Arbeiten, die jeder Dorfbewohner erledigen mußte. Ansonsten tat jeder das, wozu er Lust hatte, ging schwimmen oder angeln, bastelte aus Kokosschalen Musikinstrumente, Geschirr oder Spielzeug, nähte sich aus Palmblättern ein neues grünes Röckchen oder spielte mit den anderen «Fang den Stock», ein auf der Insel überaus beliebtes Geschicklichkeitsspiel. Abends wurden Märchen erzählt, Rätsel erfunden, getanzt und gesungen. Herr Schnem fand alles herrlich und war nun sicher, das Paradies auf Erden gefunden zu haben.

Nur eines war merkwürdig. Immer wenn Herr Schnem den Versuch machte, die Insel zu erforschen, wurde er mit

fadenscheinigen Gründen davon abgehalten. Einmal war es zu heiß, ein andermal zu spät am Tag, gerade jetzt wollte man spielen oder singen.
Aber Herr Schnem hatte es sich in den Kopf gesetzt, vor seiner Weiterreise die Insel zu umrunden. Und so machte er sich eines Morgens heimlich auf den Weg. Die Insel konnte so groß nicht sein, das hatte er draußen auf dem Meer erkennen können. Er ging immer am Strand entlang und mußte so ja wieder zu seinem Ausgangspunkt zurückkommen.
Als Herr Schnem etwa zwei Stunden stramm marschiert war, entdeckte er plötzlich menschliche Fußspuren im Sand. Erstaunt und neugierig ging er den Spuren nach und stellte fest, daß sie an einem dicken Baum endeten. Er schaute am Stamm hoch und sah oben im Laub gut versteckt eine Hütte aus Zweigen und Ästen. In diesem Augenblick hörte er ein Geräusch und drehte sich blitzschnell um. Vor ihm stand ein Mann, den er zuvor noch nie gesehen hatte, und dieser Mann war nicht hellgrün, sondern dunkelgrün. Herr Schnem wollte schon auf den anderen zugehen, als der einen Satz machte und im Gebüsch verschwand. Obwohl Herr Schnem ihm nachlief und ihn suchte, bekam er ihn nicht mehr zu Gesicht. Er traf auch kein anderes menschliches Lebewesen, obwohl er auf vielen Bäumen Hütten entdeckte.
Sehr nachdenklich setzte Herr Schnem seinen Weg fort und erreichte nach ein paar Stunden wieder den Strand der hellgrünen Menschen. Die blickten ihn zum erstenmal seit seiner Ankunft etwas finster an, und als er berichtete,

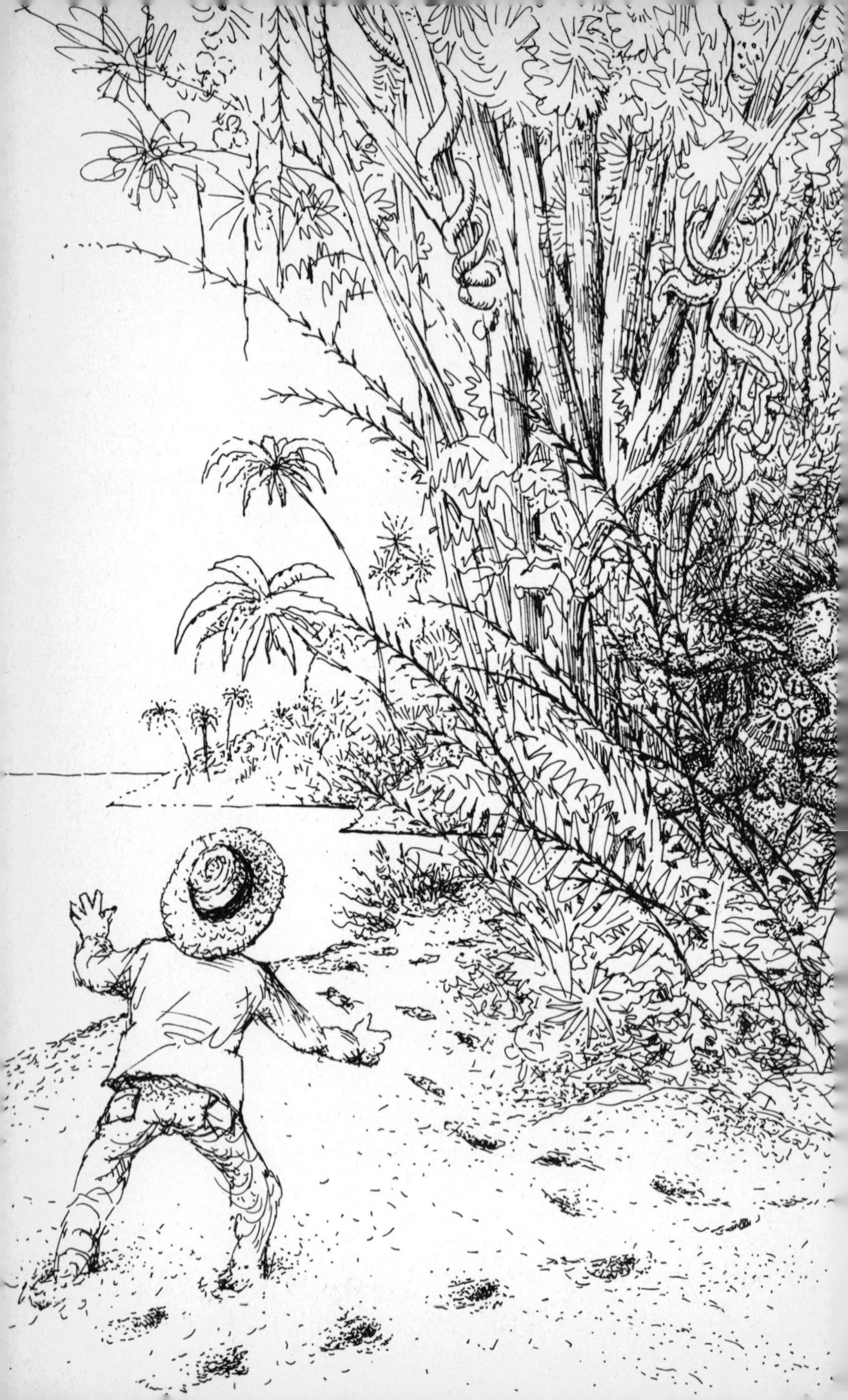

wo er gewesen war und was er gesehen hatte, breitete sich ein großes Schweigen aus. Erst nach dem Waschfest und dem Sonnenuntergang, als Herr Schnem noch einmal fragte, wer denn diese Menschen auf der anderen Seite der Insel seien, bekam er Antworten.
«Sie sind Fremde!» sagte einer. «Und ganz anders als wir.»
«Die können ja nicht einmal anständige Bambushütten bauen», meinte ein anderer.
«Und der Sonnenuntergang ist ihnen auch egal», bemerkte eine Frau. «Was sie am Sonnenaufgang finden, kann ich einfach nicht verstehen», fügte sie dann noch hinzu.
«Sie pflanzen keine Kokospalmen und halten keine grünen Hühner», sagte ein Junge.
Und ein alter Mann brummte: «Ihre Lieder klingen scheußlich, und ihre Tänze sind albern. Wir mögen sie eben nicht.»
Herr Schnem fragte dann noch, ob die Dunkelgrünen denn böse Menschen seien.
Die Hellgrünen zuckten mit den Schultern, und ein junger Mann sagte: «Schon möglich, so dunkelgrün wie die sind.»
Da wurde Herr Schnem furchtbar traurig, und am nächsten Morgen machte er sein Segelboot klar und fuhr davon.
Das Paradies hatte er wieder nicht gefunden.

Kartoffelchips und Königin

Katja Winter saß in ihrem Zimmer, futterte Kartoffelchips und bedauerte sich. Das Leben war wirklich trostlos. Es regnete in Strömen, die Hausaufgaben waren nicht gemacht, und ihre Freundin Martina würde heute auch nicht kommen. Sie war mal wieder beleidigt, die dumme Pute! Und die Mutter hatte sie eben aus dem Geschäft angerufen und auch nur ermahnt: «Mach zuerst deine Hausaufgaben! Und iß nicht wieder zwischen den Mahlzeiten! Und rede ein bißchen mit Frau Krulik!»

Katja hatte dazu heute nicht die geringste Lust. Frau Krulik, die aus Polen stammte und sehr schlecht deutsch sprach, führte den Haushalt, weil Frau Winter im Geschäft arbeitete.

Katja haßte den Frisiersalon ihrer Eltern, obwohl er schick und modern war und obwohl es dort so gut roch. Aber ihre Eltern standen den ganzen Tag im Laden, schnitten, fönten oder dauerwellten Haare und hatten keine Zeit für sie. Und wenn sie abends heimkamen, dann redeten sie über Kunden, Haarshampoo, Schulden auf der Bank, oder sie sahen nur fern, weil sie so abgeschlafft waren.

Manchmal mußte Katja im Laden helfen. Da durfte sie dann Haare auflegen oder Damen unter der Trockenhaube zur Begrüßung die Hand geben. Das haßte Katja ganz besonders. Da saß sie noch lieber allein in ihrem kleinen Zimmer und träumte.

Sie wäre so gern eine Prinzessin geworden, so eine schlanke, schöne, mit goldenen Locken. Katja aber war ein bißchen dicklich, und ihre Haare waren rot.

Während sie nun dasaß und voller Erbitterung Kartoffelchips in sich hineinstopfte, klingelte es an der Haustür.

Katja hörte, wie Frau Krulik die Tür öffnete und gleich darauf ihren Namen rief.

«Katja, komm, ich nicht versteh, was Panie, eh, Herr, wollen.»

Als Katja die Herren sah, bekam sie vor Erstaunen ganz große Augen. Die trugen nämlich weiße, gepuderte Perücken, hatten gelbe Kniehosen an und dunkelbraune Samtjacken mit goldenen Knöpfen.

Sie machten beide eine tiefe Verbeugung vor Katja, und der eine sagte: «Wir kommen im Auftrag des verstorbenen Königs Johann, um seinen letzten Willen zu übermitteln, der besagt, daß die hochwohlgeborene Katja Winter fortan als Katharina I. sein Königreich regieren soll. Und nun möchten wir Ihre Königliche Hoheit bitten, uns zu folgen.»
Katja, immer noch mit ihrer Tüte Kartoffelchips im Arm, ging langsam den Flur entlang, an den Dienern vorbei und schaute hinaus auf die Straße. Dort stand doch tatsächlich, eingeparkt zwischen zwei Autos, eine goldene Kutsche mit vier Pferden davor. Auf der Straße hatten sich viele Neugierige versammelt, die Katja anstarrten, als sie nun aus dem Haus trat.
So majestätisch, wie sie nur konnte, schritt das Mädchen zur Kutsche und stieg mit Hilfe der goldbetreßten Diener ein. Die Pferde setzten sich auch gleich in Bewegung, und Katja winkte hoheitsvoll aus dem offenen Fenster. Das versammelte Volk winkte zurück, und dann riefen sie: «Es lebe die Königin! Es lebe die Königin!» Katja freute sich so sehr über die Hochrufe, daß sie mit vollen Händen Kartoffelchips in die Menge warf. Als sie zurückblickte, konnte sie noch sehen, wie sich die Kinder darum balgten.
Bald hatten sie die Stadt verlassen und rollten nun auf holprigen Landstraßen durch Wiesen und Wälder. Immer wenn sie durch ein kleines Dorf kamen, rannten dort die Menschen auf die Straße und winkten und schrien, und Katja winkte, lächelte und verteilte Kartoffelchips. Dann bogen sie in eine schattige Allee ein, mit herrlichen alten

Eichen rechts und links der Straße. Am Ende der Allee konnte Katja die Türme und Giebel eines Schlosses erkennen. Ihr Herz klopfte wie wild, und aufgeregt und unsicher wischte sie sich ihre fettigen Kartoffelchiphände an ihren Jeans ab. Im Schloßhof fuhr die Kutsche einen kleinen Bogen um eine Rosenrabatte und blieb dann stehen. Die Diener sprangen vom Kutschbock, öffneten die Tür der Kutsche, und Katja stieg aus. Rechts und links der Treppe standen Männer und Frauen in altmodischen, aber wunderbaren Kleidern Spalier, und alle Männer hatten weiße Perücken auf dem Kopf.
Höflich grüßend schritt Katja die Schloßtreppe hinauf und betrat die Halle, an deren Stirnseite ein goldener Thronsessel stand. Ein älterer Mann, wahrscheinlich so eine Art Würdenträger, bedeutete ihr, sich zu setzen. Der Thron hatte etwas zu hohe Beine, und Katja mußte mit den Füßen baumeln. Dann brachte ein Diener ein dunkelblaues Samtkissen, und darauf lag eine mit Perlen und Edelsteinen besetzte Krone. Die wurde ihr aufs Haupt gedrückt, und alle riefen: «Hurra», und klatschten in die Hände. So, nun war Katja Königin.
Die nächsten Tage waren furchtbar aufregend. Katja trug jetzt wundervolle Kleider aus weißer oder hellblauer Seide, goldene Gürtel, kostbare Armbänder und Ketten und, wenn sie Lust hatte, hin und wieder auch die Krone, die aber leider ziemlich schwer war. Sie lief durchs Schloß, bestaunte herrliche Gemälde in alten Rahmen, goldene Teller und silberne Kannen. In einem Zimmer stand eine riesige Schatztruhe, die angefüllt war mit schimmernden Perlen

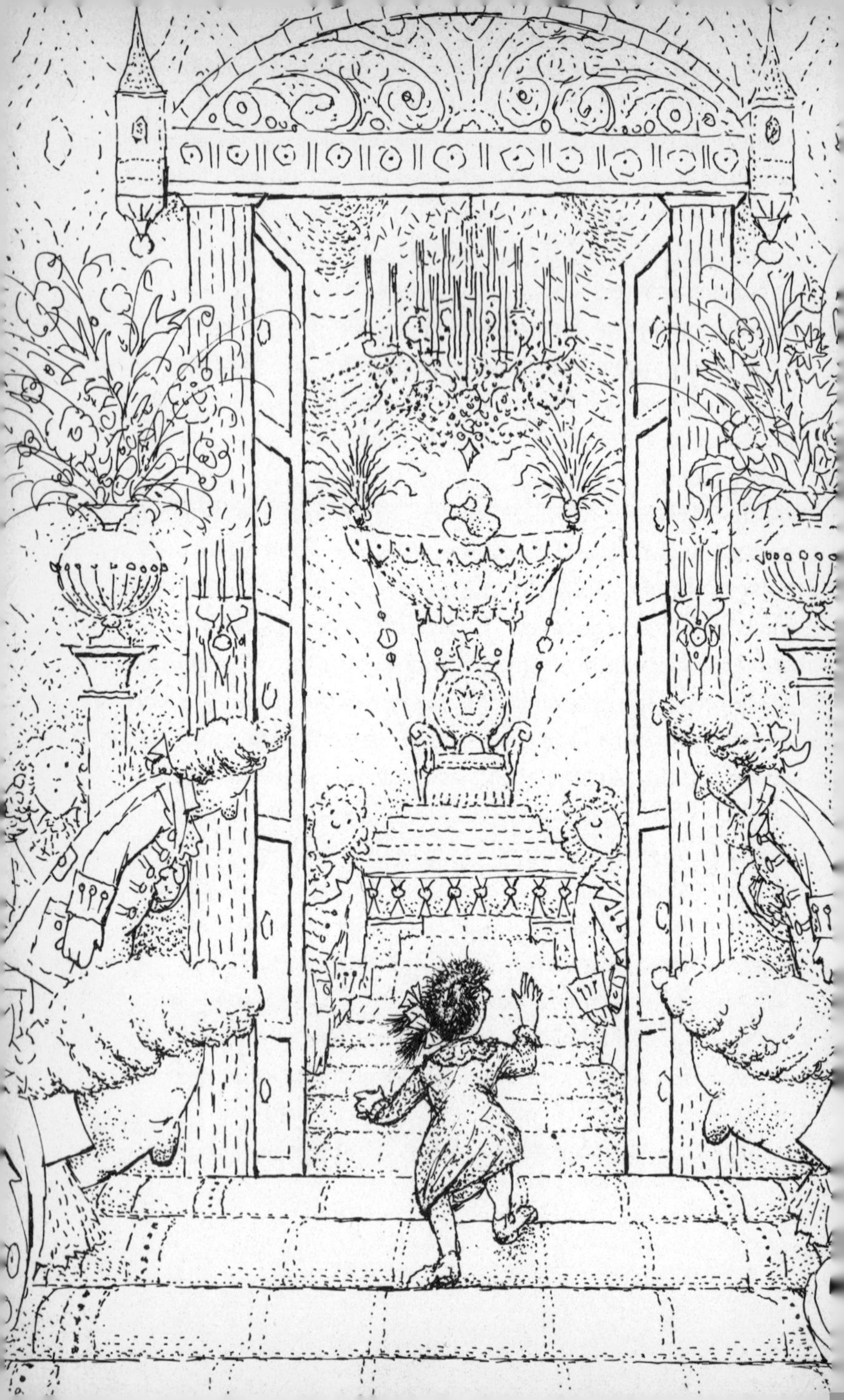

und funkelnden Edelsteinen. In einem anderen waren vom Boden bis zur Decke nur Bücher gestapelt. Es war die wertvolle, jahrhundertealte Bibliothek. Diesen Raum verließ Katja schnell wieder. Bücher erinnerten sie zu sehr an die Schule.

Aber der Garten, der war großartig. Es gab Teiche mit Schwänen darauf, Springbrunnen aus Marmor, einen Rosengarten, in dem nur rosa Rosen blühten, und am Ast einer alten Linde hing sogar eine Schaukel. Aus Gold natürlich.

Das Schönste jedoch war das Essen. Überall im Schloß standen silberne Schalen mit Marzipanpralinen, leckeren Plätzchen, kandierten Früchten oder mit Zuckerguß glasierten Nüssen. Nur Kartoffelchips gab es leider nicht. Die richtigen Mahlzeiten nahm sie im Speisesaal zusammen mit ihren Hofdamen ein, die bedauerlicherweise alle schon etwas ältlich waren. Katja bekam serviert, was immer sie sich wünschte. Sieben Tage lang aß sie mittags und abends zwei Wiener Schnitzel, leider ohne Ketchup, er ließ sich nicht auftreiben. Die Hofdamen mußten das gleiche essen wie sie, und nach einigen Tagen merkte Katja, daß ihnen schon beim Anblick von Wiener Schnitzel der Appetit verging. Sie verzogen ihre faltigen Münder leicht angewidert, aber als Katja schmatzend fragte: «Schmeckt's?», lächelten alle gequält und behaupteten: «Einfach köstlich!» Katja wußte, daß das gelogen war, und begann an der Aufrichtigkeit der Hofdamen zu zweifeln.

Morgens, wenn Katja in ihrem Himmelbett mit den gelb-

seidenen Vorhängen aufwachte, sagte sie sich: «Ich bin jetzt eine Königin, und ich muß mich wahnsinnig freuen. Das Wetter ist wie jeden Tag herrlich, und ich muß mir nur überlegen, was ich heute wieder Wunderbares machen könnte.»
Nachdem sie das große Schloß mit seinen vielen Zimmern erforscht und tagelang durch rosa Rosen spaziert war, wußte sie irgendwann nicht mehr, was sie noch tun könnte. Sie fing an, die Hofdamen zu ärgern, ließ sie Hering mit Vanillesauce essen und freute sich an ihren angeekelten Gesichtern. Oder sie schickte sie in den Raum mit der Schatztruhe zum Perlenzählen.
Aber nach einiger Zeit wurde auch das ihr langweilig. Immer öfter blieb sie allein in ihrem Schlafgemach mit dem Himmelbett und den gelbseidenen Vorhängen, und dann träumte sie. Zuerst von Kartoffelchips und Limo, dann auf einmal drängte sich Martina in ihre Gedanken. «Ach, wenn die hier wäre, ja dann...» Und wenn sie ehrlich war, auch ihre Eltern vermißte sie und die Badeausflüge am Montag nachmittag, wenn der Frisiersalon geschlossen war. Sogar an die Frau Krulik dachte sie, an deren gutes, breites Gesicht und ihre lustige Art, deutsch zu reden.
Und eines Tages dann schlüpfte sie kurzentschlossen in ihre alten Sachen, zog die abgeschabten Turnschuhe wieder an und rannte aus dem Schloß, die schattige Allee entlang zur Straße. Dort hielt gerade ein Omnibus. Ohne sich noch einmal nach dem Schloß umzublicken, stieg sie ein. Wie gut, daß sich noch ein paar Mark in ihrer Tasche fanden, um eine Fahrkarte zu lösen.

Der Bus fuhr über holprige Landstraßen, durch kleine Dörfer, und irgendwann hielt er direkt vor ihrem Haus. Katja sprang heraus, lief die Stufen hinauf durch die offene Haustür gleich in ihr Zimmer. Dort warf sie sich aufs Bett und schlief sofort ein. Sie wurde von Frau Krulik geweckt, die ihr umständlich mitteilte, daß Martina am Telefon sei. Katja flog die Treppe hinunter und schrie fast in den Hörer: «Martina, wie gut, daß du anrufst. Bitte, komm gleich vorbei, ich muß dir eine unglaubliche Geschichte erzählen.» Martina versprach es. Frau Krulik schlurfte vorbei und schimpfte über das naßkalte Wetter. Katja jedoch strahlte sie an und sagte: «Ich finde Regenwetter einfach wunderbar.»

Der fliegende Robert

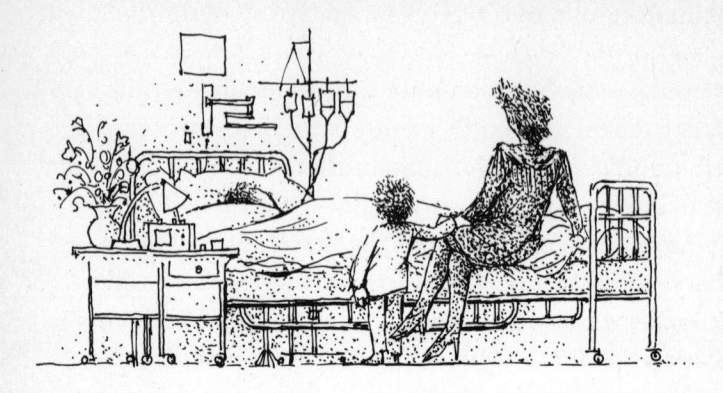

Als der Vater an Krebs starb, war Robert sechs Jahre alt. Er erinnert sich an die Besuche im Krankenhaus, wo Mutter immer so fröhlich tat und Vater so fremd aussah in dem weißen Bett, und er erinnert sich genau an die Beerdigung, wo Mutter furchtbar weinte und Vater in einem schwarzen Sarg lag.

Seit dieser Zeit hatte Robert nicht mehr geträumt. Dachte er jedenfalls. Bis, ja, bis vor etwa einem halben Jahr – Vater war schon neun Monate tot – seine Mutter an einem Samstagmorgen erklärte, daß abends ein gewisser Herr Ernst zu Besuch käme.

«Du wirst ihn sicher mögen», sagte die Mutter noch, und Robert fiel auf, daß sie mit so einer ungewohnt hohen Stimme sprach. Am Nachmittag schon bereitete sie ein Abendessen vor, stellte hellblaue Kerzen auf den Tisch und machte sich so schön wie nie.

Herr Ernst kam, und Robert mochte ihn nicht. Er mochte weder die Schokolade, die er mitgebracht hatte, noch die dummen Fragen nach der Schule, und vor allem mochte er nicht, daß dieser fremde Mann seine Mutter küßte.
An diesem Abend ging Robert sehr zeitig und freiwillig ins Bett. Und er hörte noch, wie seine Mutter diesem Herrn Ernst zuflüsterte: «Er wird sich schon an dich gewöhnen, Schatz.»
In dieser und allen folgenden Nächten träumte Robert von seinem Vater. Er saß auf seinem Schoß und kitzelte ihn unter den Armen, bis er losprustete vor Lachen, er ging an seiner Hand zum Einkaufen in den Supermarkt, er hockte auf seinem Rücken und spielte Elefant mit ihm oder wackelte auf dem neuen Fahrrad herum, das sein Vater am Sattel festhielt.
An Herrn Ernst gewöhnte er sich nicht, obwohl der nun immer öfter kam und eines Tages bei ihnen einzog.
Es stimmt, daß Herr Ernst sich alle Mühe gab, Spiele, Bücher und Schokolade mitbrachte. Es ist richtig, daß sie zu dritt ins Kino, ins Kasperltheater und in den Zoo gingen, aber Robert blieb mürrisch und sagte kaum danke.
Eines Abends, beim Essen, legte Herr Ernst seinen Arm um Robert und verkündete feierlich: «Robert, deine Mutter und ich haben uns entschlossen zu heiraten, und ich freue mich, daß ich so einen großen und netten Sohn bekomme.»
Während Herr Ernst redete, war Robert unter dessen Arm weggetaucht und saß nun kerzengerade und ziemlich bleich im Gesicht am Tisch.

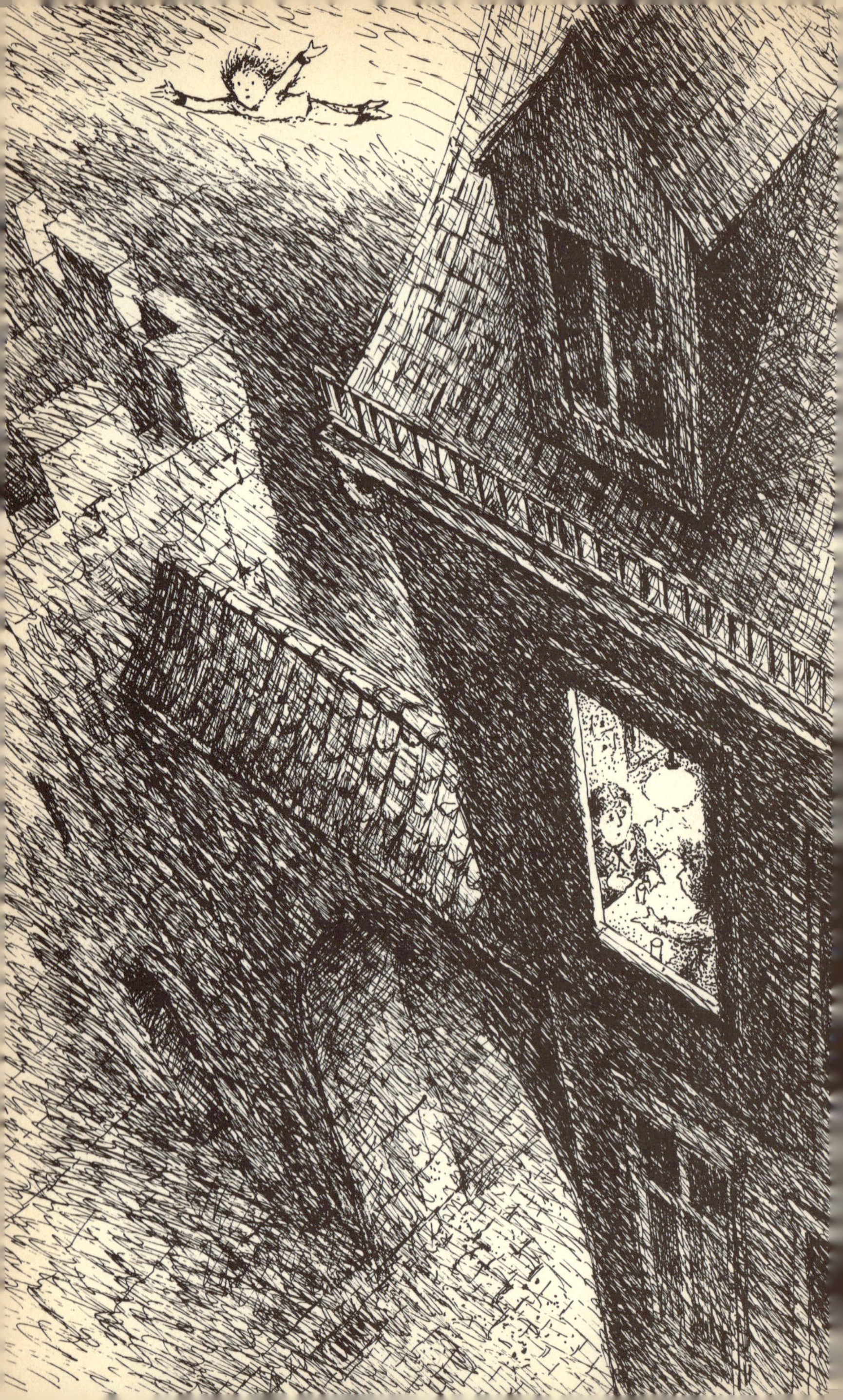

«Na, freust du dich?» fragte seine Mutter und schaute ängstlich.
Robert wußte hinterher auch nicht genau, wie es passiert war, aber plötzlich schrie er, wie er noch nie geschrien hatte. «Nein, nein, nein, ich bin nicht Ihr Sohn und will es nicht werden. Und Sie können nie mein Vater sein!»
Dann sprang er vom Tisch auf, der Stuhl fiel nach hinten um, und rannte laut heulend in sein Zimmer. Dort warf er sich aufs Bett und weinte und weinte. Dann mußte er wohl eingeschlafen sein.
Auf einmal stand er auf dem Kirchturm und schaute auf die kleine Stadt hinunter, in der er lebte.
Wo wohnen wir denn? dachte er und suchte das Haus mit den Augen.
Ja, dort rechts, gleich neben dem Wehrturm war das Haus, und in der Wohnung im 2. Stock brannte Licht in der Küche. Da saßen sie wohl immer noch, seine Mutter und dieser Herr Ernst. Über was sie wohl sprachen?
Eine Fledermaus schwirrte an Roberts Kopf vorbei, als er auf die Mauerbrüstung stieg. Und dann breitete er ganz langsam seine Arme aus und flog. Oh, wie schön das Fliegen war! So leicht und mühelos. Robert zog zuerst eine Schleife nach links und dann einen eleganten Bogen nach rechts und landete weich und sicher auf dem Fenstersims der Küche. Er schaute durch die Scheiben. Seine Mutter hatte sicher geweint, denn sie wischte sich gerade die Augen mit dem Handrücken.
Herr Ernst hatte den Kopf auf die Arme gestützt und starrte vor sich hin.

«Ich kann ja seine Trauer und sogar seine Wut verstehen. Aber was können wir denn tun?» Herr Ernst schaute so traurig aus, richtig verzweifelt, und Robert empfand ganz plötzlich Mitleid mit ihm.

In diesem Augenblick ging die Tür auf, und Robert sah sich selber mit gesenktem Kopf hereinkommen. Vor Herrn Ernst blieb er stehen.

«Es tut mir so leid», sagte er und wartete.

Herr Ernst zögerte. Ganz langsam hob er die Hand und ließ sie dann vorsichtig auf Roberts Kopf nieder. Mit einem Seufzer der Erleichterung drückte sich der Junge an den Mann, der ihn jetzt fest in seine Arme schloß.

Mit der Zeit fand Robert heraus, daß Herr Ernst ein gutmütiger und sehr fröhlicher Mensch war, und irgendwann fing er an und nannte ihn «Väterchen Lustig». Das hat der Herr Ernst sich auch ehrlich verdient.

Meine Oma fährt Motorrad

Elisabeth hatte einen großen Fehler gemacht, und schuld daran war nur der Martin, der immer so furchtbar mit seinem Vater angab. Der würde Drachen fliegen und Ballon fahren, und Fallschirmspringer sei er auch. Und weil Elisabeths Vater immer nur seinen Schrebergarten umgrub und sie damit unmöglich angeben konnte, kam sie auf die Idee zu sagen, daß ihre Oma aber Motorrad fahren könne.

Das war nun aber ganz besonders dämlich von ihr gewesen, denn wo immer sie jetzt auftauchte, brüllten die Kinder vor Lachen und sangen: «Deine Oma fährt im Hühnerstall Motorrad», oder das andere, noch scheußlichere Lied: «Deine Oma fährt Motorrad, ohne Bremse ohne Licht, und der Schutzmann an der Ecke sieht die alte Schachtel nicht.»

So, nun hatte sie den Salat und ärgerte sich jedesmal grün. Dabei war das mit der Oma gar nicht so ganz gelogen. Elisabeths Großmutter war in ihrer Jugend eine ziemlich wilde Hummel gewesen und auch Motorrad gefahren. Das hatte sie ihr selbst erzählt. Und sie hatte sogar einen Führerschein. Aber heute, mit ihren sechzig Jahren, fuhr sie natürlich Auto.

Als Elisabeth neulich mit der Oma allein war, da hat sie ihr den ganzen Ärger gebeichtet. Die Großmutter hat ganz funkelnde Augen bekommen, sich kerzengerade hingesetzt und mit Betonung gesagt: «Denen werden wir es zeigen.»

Am nächsten Tag schon sprach die Großmutter an einer Tankstelle mit zwei jungen Motorradfahrern. Die schauten zwar erst mißtrauisch und verwundert, erzählten ihr dann aber doch, wo sie den Motorradclub finden würde. Oma tauchte dort auf, übersah die grinsenden Gesichter und überhörte die dummen Bemerkungen. Sie schaute sich die moderne Lederbekleidung an, prüfte Sturzhelme, interessierte sich für die Maschinen und beobachtete die jungen Männer und Frauen. Schließlich marschierte sie auf eine Gruppe zu und fragte den erstbesten: «Wer von den Herren könnte mir denn Unterricht im Motorradfahren geben?»

Die Herren prusteten los, und einer sagte: «Ach, Oma, geh doch lieber wieder Strümpfe stricken!»

Ein anderer meinte: «Wär ein Rollstuhl nicht bequemer?»

Ein dritter aber fragte nach ihrem Führerschein.

Nicht ohne einen gewissen Stolz holte Oma das leicht vergilbte und zerknitterte Dokument aus ihrem Handtäschchen. Der junge Mann, er hatte übrigens ein ausgesprochen liebes Gesicht, wie Oma fand, pfiff durch die Zähne und meinte: «Oma, du scheinst ja 'ne tolle Tussi gewesen zu sein!»
Oma nickte und sagte: «Ja.»
Dann erklärte sie diesem reizenden jungen Mann ihr Problem. Jetzt nickte der und sagte: «Hmhm.»
Vierzehn Tage später, es war an einem Mittwoch, trabte Elisabeth als letzte aus dem Schultor. Und während sie sich möglichst unauffällig durch die kleinen Gruppen und Grüppchen schlängelte, die vor der Schule herumstanden, sah sie plötzlich drei Motorradfahrer in Lederkluft und Sturzhelm nebeneinander mit dröhnenden Motoren die kleine Straße zur Schule heranfahren. Die drei fuhren nicht sehr schnell, machten dafür aber um so mehr Krach, und alle Kinder schauten sich nach ihnen um. Vor dem Schultor hielten die drei. Der mittlere Fahrer, eine kleinere, um die Hüften etwas dickliche Person, stieg ab und ging auf Elisabeth zu. Kurz vor ihr nahm die dickliche Person ihren Sturzhelm ab und... Elisabeth stockte der Atem. Es war ihre eigene Großmutter. «Oma!» schrie Elisabeth lauter als nötig und hängte sich an ihren Hals.
«Komm», sagte die Großmutter, «ich fahr dich nach Hause.»
Und dann marschierten die beiden, ohne die vielen sprachlosen Gaffer auch nur eines Blickes zu würdigen, zu den Maschinen zurück. Elisabeth bekam einen Kinder-

helm übergestülpt, mußte sich auf den Rücksitz setzen, an der Oma festhalten, die Maschinen wurden angelassen, und dann donnerten sie los.

«Oma, Oma», schrie Elisabeth durch den Motorenlärm, «wie hast du das bloß gemacht?»

«Klappe halten!» brüllte die Oma zurück. «Ich muß mich konzentrieren.»

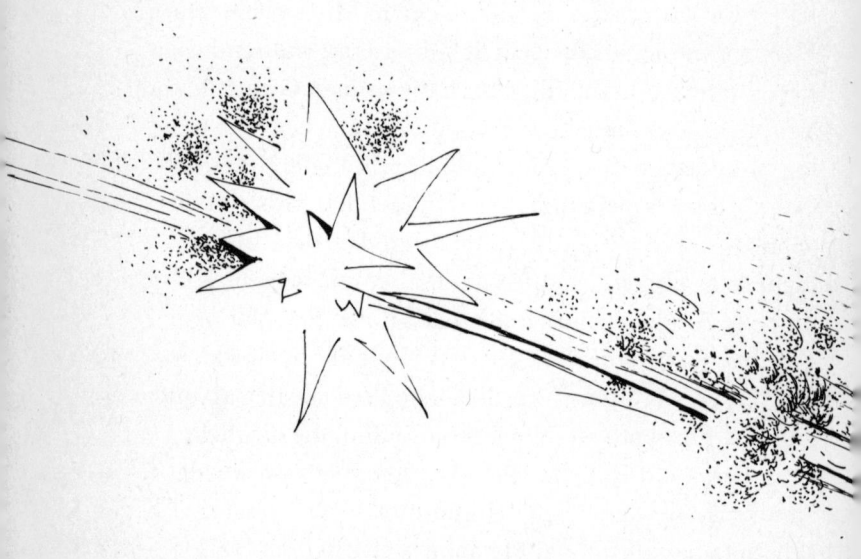

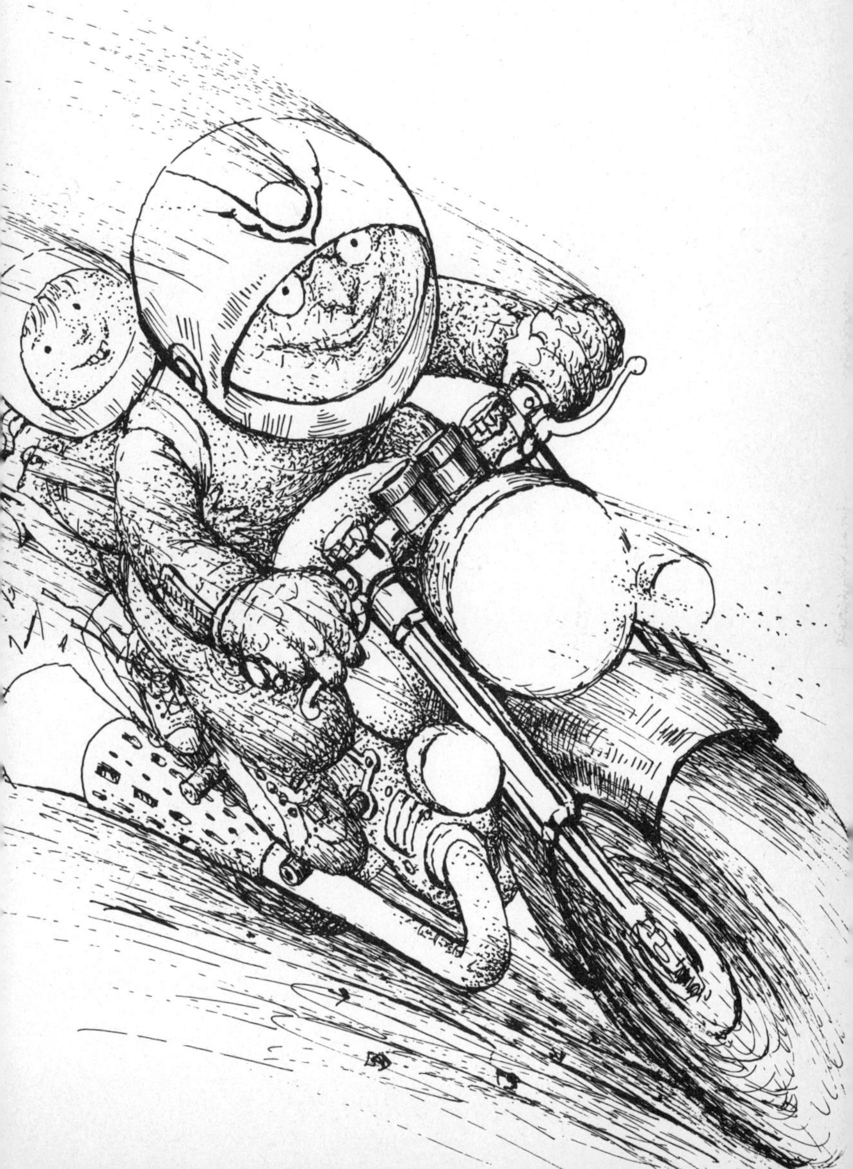

Die Traumschule

Wer geht schon gern in die Schule? Ich kenne niemanden. Nun gut, es gibt Lieblingsfächer, und sogar Lieblingslehrer soll es geben, und am Ende der großen Ferien freut man sich heimlich doch auf die alten Freunde und ist gespannt auf die neuen Lehrer. Aber an einem nieseligen Mittwochvormittag Ende November finden jedenfalls Jakob und Fritz die Schule nicht sehr berauschend. Übrigens, glaubt nun nicht, daß die Geschichte von zwei Jungen handelt. Fritz ist nämlich ein Mädchen, sieht auch so aus und heißt eigentlich Friederike. Die beiden sitzen direkt hintereinander und mögen sich sehr, auch wenn sie dauernd streiten. Da sie während der Schulstunden weder

streiten noch schwätzen dürfen, haben sie einen privaten Postdienst eingerichtet. Will Fritz dem Jakob dringend etwas sagen, schreibt sie es auf ein Stück Papier und reicht es heimlich nach hinten. Die Antwort erfolgt meistens postwendend.
Die Lehrerin, Frau Breitner, redet immer sehr langsam, aber heute ist es zum Einschlafen. Fritz nimmt einen Zettel und schreibt: *Wenn Breity so weitermacht, laß ich sie zur Strafe nachsitzen!*
Und ab geht die Post, nach hinten. Kurze Zeit später hat sie Jakobs Antwort in Händen: *Einverstanden! Von mir kriegt sie übrigens eine Vier!*
Fritz blickt die Lehrerin, zur Täuschung, interessiert an, dann schreibt sie auf ein großes Blatt: *Wir brauchen dringend eine neue Schulordnung! Ich schlage folgendes vor:*

1. Zweimal jährlich Zeugnisverteilung an die Lehrer.
2. Kinder müssen nur noch am Mittwoch von acht bis zwölf Uhr in die Schule gehen.
3. Hausaufgaben schaden der Gesundhei.t
4. Schwätzen ist strengstens erlaubt.

Da Fritz nichts mehr einfällt, gibt sie den Zettel nach hinten. Jakob hat sich in der Zwischenzeit einen Stundenplan überlegt und schreibt ihn auf:

1. Stunde Naturkunde
   Der Film «Kleiner Bär und großer Bär» wird vorgeführt.

2. Stunde Deutsch
   Der Lehrer liest spannende Geschichten vor.
   Eine Stunde Pause
3. Stunde Werken
   Papierfliegerbasteln. Anschließend Flugwettbewerb.

Als Jakob seinen Brief auf den Postweg bringt, hüpft Frau Breitner mit einer erstaunlichen Behendigkeit heran und schnappt sich den Zettel.
«So ist das also», sagt sie, und in diesem Augenblick läutet es zur Pause.
«Wir sprechen uns später», meint die Lehrerin und schickt die Kinder in den Hof.
Jakob schmeckt sein Pausenbrot nicht besonders, und auch Fritz hat nicht viel Hunger, dafür haben beide ein ziemlich mulmiges Gefühl.
Als alle Kinder wieder auf ihren Plätzen sitzen, nimmt Frau Breitner den berühmten Zettel aus ihrer Aktentasche und liest ihn, natürlich langsam, vor.
Die Kinder wagen erst nicht so recht zu lachen, aber dann kichert doch die eine oder der andere, ein wenig halbherzig zwar, aber sie kichern.
«So, und nun Hefte raus», sagt die Lehrerin in strengem Ton. «Jetzt bastelt mal aus den Seiten ordentliche Flieger. Heute ist Mittwoch, die 3. Stunde, und da steht doch Basteln auf dem Stundenplan, oder?»
Ist das ein Gefalte und Gekniffe! Sieben Hefte und ein Lesebuch werden als Bastelmaterial verbraucht. Und an-

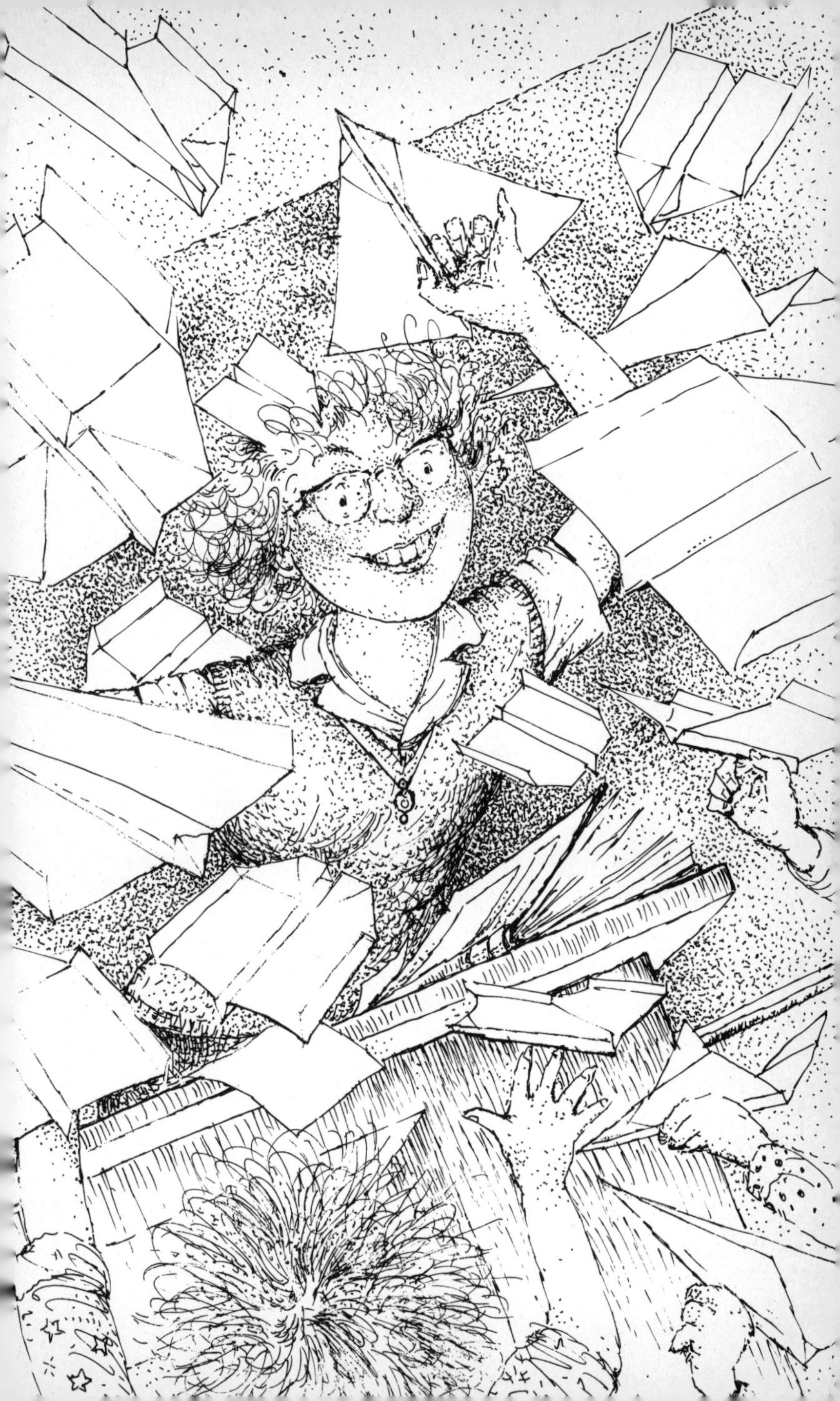

schließend gibt es einen Super-Flug-Wettbewerb, den Frau Breitner eindeutig gewinnt.
Ihr fragt mich, ob das denn wirklich passiert ist? Das wäre ja eine richtige Traumschule mit einer echten Traumlehrerin.
Tja, wer weiß schon so genau, wo die Wirlichkeit aufhört und der Traum beginnt.

Schlimmer als die Geisterbahn

Martin hatte sich seit Wochen aufs Oktoberfest gefreut.
Sein Vater und er fuhren mit der Straßenbahn, und als sie
ausstiegen, hörten sie schon den Lärm des Festes, dieses
Gemisch aus Marschmusik und Schlagern, Volksliedern
und hartem Rock. Und bald stieg ihnen der Geruch von
gebratenem Fisch und gebrannten Mandeln, gegrillten
Hühnern und gebackenen Krapfen in die Nase. Einfach
herrlich! Vater und Sohn hielten sich die Hand, lachten

sich an und freuten sich auf den gemeinsamen Nachmittag.
«Geisterbahn zur Einstimmung?» fragte der Vater. Martin zögerte kurz. Natürlich gruselte er sich. Aber ein bißchen Gruseln war auch schön. Also Geisterbahn zuerst.
Am Eingang stand ein Mann, der aussah wie der Räuber Hotzenplotz und der mit lauter Stimme die Menschen aufforderte, die schauerlichste aller Geisterbahnen zu besuchen. Vater löste die Eintrittskarten, und dann stiegen sie in einen dieser kleinen Wagen und fuhren durch einen pechschwarzen Vorhang.
Huhh, eine Geisterhand tauchte auf, es klapperte und krachte, schrie und wimmerte aus allen Ecken. Ein Riesenvogel flog den beiden beinahe ins Gesicht. Martin duckte sich und drückte sich etwas enger an seinen Vater. Dann schepperndes Lachen. Eine Frauenstimme kreischte wie in Todesangst. Undurchdringliche, schwarze Nacht und dann ein feuerspeiender Drache, eine gräßliche Fratze und ein Riesentier mit fletschenden Zähnen.
Als sie wieder in der hellen Sonne standen, war Martin ein bißchen blaß, aber trotzdem fühlte er sich großartig.
Und dann ging's weiter. Sie kauften ziemlich bald Zuckerwatte, und Martin war ziemlich bald ziemlich klebrig. Sie fuhren Kettenkarussell und schauten sich den Flohzirkus an. Martin durfte auf einem Pony reiten, und sein Vater schoß ihm einen kleinen Teddybären und zwei rosa Papierrosen. Das Riesenrad trug sie fast in den Himmel, und sie sahen mit bänglichem Entzücken hinunter auf die vie-

len Schaustellerbuden, die großen Festbierzelte und das Gewusel der winzigen Menschen.
Als die Gondel dann abwärts segelte, bekam Martin ein flaues Gefühl im Magen und kreischte ein bißchen aus Angst und ein bißchen aus Vergnügen. Später gingen sie in ein Bierzelt. Martin war das ganz recht. Er war müde geworden und froh, daß er sich hinsetzen konnte. Sein Vater bestellte ihm eine Limo und sich eine Maß Bier, trank, wischte sich den Schaum vom Mund und zwinkerte seinem Jungen zu. Ein glatzköpfiger Mann, der am Tisch saß, erzählte einen alten Witz, den Martin aber nicht verstand. Langsam entfernten sich die Stimmen. Martin schlief ein.
Als er aufwachte, war sein Vater verschwunden. Auf seinem Platz saß jetzt eine dicke Frau in einem Lodenkostüm, die laut das Lied mitsang, das die Kapelle gerade spielte. Martin schaute sich ängstlich um. Die Leute an den langen Tischen saßen eng gedrängt, hatten sich untergehakt und schunkelten im Takt der Musik. Die dicke Frau packte jetzt Martins Arm, zog und schubste ihn hin und her.
«Wo ist mein Vater?» schrie Martin, aber in dem Lärm war seine Stimme nicht zu hören. Die Frau drehte ihren Kopf und sang ihm ins Ohr: «Oh, du lieber Augustin, alles ist hin, ja hin. Oh, du lieber Augustin, alles ist hin.»
Martin wand und drehte sich, um dem festen Griff der Frau zu entkommen. Endlich war er frei und schlängelte sich durch die Menschenmenge. Dabei rempelte er eine Kellnerin an, die schwer beladen mit acht Maß Bier daherkam. Die Kellnerin schickte ihm ein paar Schimpfworte hinterher. Martin drängte zum Ausgang.

Vor dem Bierzelt stand eine Gruppe von angetrunkenen Jugendlichen, die Leute anpöbelten. Einer von ihnen stellte dem Jungen einen Fuß, und, platsch, fiel der der Länge nach hin. Es tat zwar furchtbar weh, aber Martin rappelte sich sofort wieder hoch. Er schaute in brutale und grinsende Gesichter.
«Laßt mich durch», flehte er, «ich suche meinen Vater.»
Die Jugendlichen hatten sich im Kreis aufgestellt.
«Och, Baby sucht seinen Papi!» schrie einer der Kerle und gab Martin einen Schubs, so daß er rückwärts taumelte. Er stieß an einen anderen, und der gab ihm einen neuen Stoß, und Martin fiel nach vorn. Aber da stand wieder einer, versetzte ihm einen kleinen Schlag, und Martin flog seitwärts. Es war schrecklich. Gestoßen und geschubst, torkelte er wie betrunken im Kreis herum, und die Jugendlichen lachten sich fast kaputt über seine Verzweiflung. Martin wurde schwindlig, alles drehte sich in seinem Kopf, und wie ein kleiner nasser Sack fiel er in sich zusammen. Da hörte er plötzlich eine laute Männerstimme, die schrie: «Macht, daß ihr hier wegkommt! Los, haut ab!»
Aber die Jugendlichen rührten sich nicht vom Fleck, sie lachten nur schrill und beschimpften den Mann, der wohl ein Ordnungshüter war.
Martin, der auf den Knien lag, schaute sich vorsichtig um. Turnschuhe und Lederstiefel vor seinem Gesicht, und ganz langsam begann er zwischen zwei dunkelbraunen Lederstiefeln hindurchzukriechen. Die jungen Kerle stritten immer noch mit dem Mann, als Martin den Kreis schon verlassen hatte und unter einen Wohnwagen gekrabbelt war.

Wo kam dieser Wohnwagen jetzt bloß her? Martin konnte sich nicht erinnern, ihn vorher gesehen zu haben. Erschöpft blieb er sitzen, und als dann Schluchzer in seiner Kehle aufstiegen, versuchte er mit aller Gewalt, sie zu unterdrücken. Er hockte lange da, unfähig, sich zu rühren, und starrte nur auf Beine von Menschen, die hin und her liefen. Ganz allmählich wurden es weniger Beine, und Martin bemerkte, daß es dunkel geworden war. Vorsichtig krabbelte er nach vorn und blickte unter dem Wagen hervor. Nur noch ein paar lachende Menschen, die sich schnell entfernten. Martin lief ihnen nach.

Die Zeltstadt war jetzt wie ausgestorben. Wie anders sah alles aus als am Nachmittag. Da hatte die Sonne geschienen, und er war an Vaters Hand hier durchgelaufen. Das Riesenrad stand jetzt still, die Gondeln schaukelten leicht und ächzten und knirschten in ihren Verankerungen. Das Stahlgerüst der Achterbahn glänzte kalt und silbrig im Mondlicht. Martin rannte einen Hauptweg entlang. Waren sie diesen Weg gekommen? Es gab so viele hier, und Martin konnte sich nicht mehr genau erinnern. Dort an der Ecke, das war doch die Geisterbahn. War es wirklich die gleiche? Nein! Oder doch? Über der Geisterbahn schwebte ein Riesenkrokodil, das seinen fürchterlichen Rachen weit aufgesperrt hatte. Martins Herz klopfte wie wild, und er rannte schnell vorbei. Nur weg hier!

Da drüben, was war das? Da stand doch ein Mann im Schatten einer Schießbude, und hielt der nicht einen Säbel in der Hand? Martin machte kehrt und lief voller Angst in eine andere Budengasse hinein. Er wagte nicht, sich umzu-

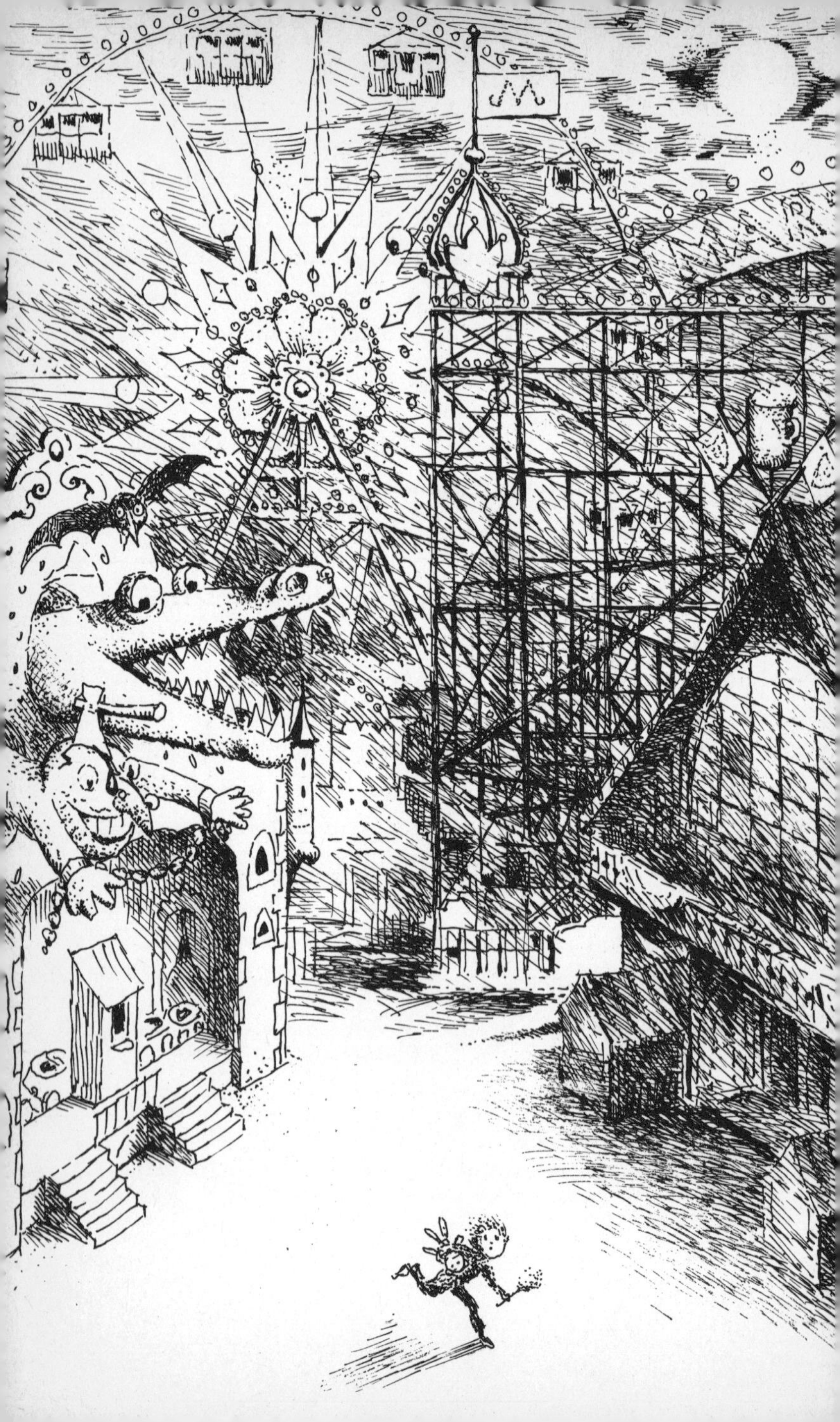

drehen, und hetzte weiter. Aber seine Beine waren so schwer, und er kam nur mühsam vorwärts. Da waren Schritte hinter ihm. Er fühlte es ganz genau. Jetzt griff eine Hand nach seiner Jacke. Martin schrie auf.
Da hörte er die Stimme seines Vaters ganz nah, und die sagte: «Martin, he, aufwachen!»
Als Martin die Augen aufschlug und in das lächelnde und besorgte Gesicht seines Vaters blickte, drängte sich noch von tief aus dem Bauch ein Schluchzer hoch.
«Du hast wohl schlecht geträumt, Kleiner», sagte sein Vater und strich ihm zärtlich übers Haar. «Komm, wir gehen jetzt nach Hause.»
Dann verließen sie das Bierzelt, und die Sonne stand zwar schon schräg, aber sie schien immer noch. Martin hielt die Hand seines Vaters ganz fest, als sie durch Geschrei und Gedudel zum Ausgang des Festplatzes gingen.

Die Traumdeuterin

«Ganz klar, ‹fahrender Zug› bedeutet Neuigkeit oder Besuch. Oder beides», sagte Aloysia Siebenschön mit wichtigem Gesicht.
«Aha», erwiderte ihr Mann, trank einen Schluck Kaffee und blätterte die Zeitung um.
Einen Augenblick herrschte Stille am Frühstückstisch, und Herr Siebenschön hoffte schon, sich in die Fußball-

ergebnisse vom Sonntag vertiefen zu dürfen, als seine Frau wieder anfing. «Du hast doch sicher mehr geträumt, als nur von einem fahrenden Zug.»
Herr Siebenschön unterdrückte einen Seufzer, denn er wollte jeden Ärger mit seiner Frau vermeiden. Sonst war der ganze Tag verpatzt, das wußte er aus Erfahrung. In den letzten Wochen sehnte er sich immer öfter nach seinem Dienstzimmer im Finanzamt, wo man morgens in Ruhe den Sportteil der Zeitung lesen konnte. Seit er pensioniert war, bestand seine Frau auf einem ausgiebigen Frühstück mit Traumdeutung. Gemütlich nannte sie das. Herr Siebenschön fand es langweilig und oft sogar quälend, wenn er haarklein seine Träume erzählen mußte. Frau Siebenschön aber deutete mit Begeisterung.
Ein Regenbogen bedeutete Glück und Geld auf allen Wegen, ein steiniger oder dunkler Pfad Unglück und Trauer. Träumte er von Leuten, die schon gestorben waren, so wurde das Wetter schlecht; eine weiße Katze brachte eine unverhoffte Botschaft und ein schwarzer Kater Ärger im Beruf. Am schlimmsten aber war, wenn er gar nichts geträumt hatte oder sich nicht erinnern konnte. Denn dann drängte und bohrte seine Frau so lange, bis er sich in seiner Not eine verrückte Geschichte ausdachte.
«Komm, erzähl schon und laß dir die Würmer nicht immer aus der Nase ziehen», sagte Frau Aloysia ungeduldig.
«Also», fing Herr Siebenschön wieder an, «ich saß mit meinem verstorbenen Bruder im Zug, und uns gegenüber saß eine ältere Frau, die dauernd auf mich einredete. Was ge-

nau sie mir erzählte, weiß ich nicht mehr. Dann hielt der Zug an einer Bahnstation, und eine junge Frau mit einem Baby im Arm stieg zu. Das ist alles, dann hast du mich geweckt.»

«Schade», meinte Frau Siebenschön und biß kräftig in ihr Vollkornbrot mit Blütenhonig, «aber auch so ist mir alles ziemlich klar. Ältere Frau bedeutet Klatschbase und mißgünstige Person. Da kann nur die Hausmeisterin, Frau Doerffler, gemeint sein. Die zerreißt sich den Mund über alle hier im Haus. Also, bitte, tu mir den Gefallen und laß dich heute auf kein Gespräch mit ihr ein. Die junge Frau mit dem Baby bedeutet ‹freudiges Ereignis›, und da bin ich ja mal gespannt, was das sein wird.»

Frau Siebenschön machte eine längere Pause, dann schnalzte sie mit der Zunge. «Die Ehrenurkunde! Vielleicht bekommst du heute deine Treueprämie für vierzig Jahre im Dienste des Finanzamts!?»

«Hmh», brummte Herr Siebenschön, der gar nicht zugehört hatte. «Schon möglich.»

Nachdem die Siebenschöns gemeinsam das Frühstücksgeschirr abgewaschen hatten, machte sich Herr Siebenschön zum Ausgehen fertig. Er band eine Krawatte um, bürstete seine Anzugjacke und legte die Tageszeitung in seine in vierzig Dienstjahren abgewetzte Aktentasche.

Frau Siebenschön saugte das Wohnzimmer.

«Ich geh an der Bank vorbei, soll ich Bargeld mitbringen?» fragte Herr Siebenschön.

Seine Frau stellte den Motor des Staubsaugers ab.

«Nein, nein», sagte sie und deutete auf ihre Handtasche,

die neben den Familienfotos auf der Kommode stand.
«Ich hab noch ein paar hundert Mark im Geldbeutel.»
Herr Siebenschön nickte seiner Frau nicht unfreundlich
zu und wollte die Wohnung verlassen.
Doch Frau Siebenschön rief ihn zurück: «Den Schirm,
vergiß den Schirm nicht, Heribert.»
«Aloysia, wozu soll ich einen Schirm mitnehmen? Draußen ist strahlender Sonnenschein!»
«Heribert, bitte, du hast von deinem verstorbenen Bruder geträumt, und das bedeutet schlechtes Wetter.
Also!»
Jetzt seufzte Herr Siebenschön aber doch, nahm den Regenschirm aus dem Ständer und knallte ein bißchen die
Wohnungstür zu. Frau Siebenschön nahm es nicht zur
Kenntnis. Einen uralten Schlager trällernd, goß sie die
Blumen.
Kurze Zeit später klingelte es. Frau Siebenschön, eine
große und kräftige Frau, eilte, so beschwingt sie konnte,
zur Tür.
Davor stand eine junge Frau mit einer Aktentasche.
«Hab ich's doch richtig gedeutet! Sie bringen die Ehrenurkunde!» sprudelte Frau Aloysia los. «Da wird mein
Mann sich aber freuen! Aber kommen Sie doch herein!
Bitte, hier geht's ins Wohnzimmer.»
Die junge Frau hatte bis jetzt kein Wort gesagt, aber das
schien Frau Siebenschön nicht zu stören.
«Nun nehmen Sie doch erst mal Platz! Darf ich Ihnen
etwas anbieten? Ein Täßchen Kaffee vielleicht?»

Die junge Frau räusperte sich, dann sagte sie: «Doch, ein Kaffee wär nicht schlecht.»
«Aber gerne!» zwitscherte die Hausfrau und eilte in die Küche. Sie goß Wasser in die Maschine, schüttete Kaffee auf, stellte zwei Tassen auf ein Tablett und ordnete ein bißchen Gebäck auf einem Teller. Und obwohl sie das alles flink und mit geübten Griffen tat, dauerte es doch ein paar Minuten. Plötzlich war ihr so, als ob die Wohnungstür leise ins Schloß gefallen wäre, und sie meinte, ihr Mann sei frühzeitig zurückgekommen.
«Heribert, bist du es?» rief sie mit freudiger Stimme. Als sie keine Antwort erhielt, nahm sie das Tablett, ging zum Wohnzimmer, drückte mit dem Ellbogen die Klinke herunter und sagte: «Ich hab schon gedacht, mein Mann sei ge...» Aloysia Siebenschön sprach den Satz nicht zu Ende, machte aber den Mund nicht zu. Das Zimmer war leer.
Als Heribert Siebenschön von seinem Vormittagsspaziergang zurückkam, fand er seine Frau in Tränen. Das ganze Geld und ihre Ausweispapiere waren zusammen mit ihrer neuen Handtasche gestohlen worden.
Herr Siebenschön machte seiner Frau nicht den kleinsten Vorwurf, sondern nahm sie in den Arm und streichelte ihr widerspenstiges Haar. «Nun wein doch nicht, mein Mädchen», sagte er liebevoll und immer wieder, bis seine Frau sich beruhigte. Aloysia schluckte und wischte ihr Gesicht an seiner Jacke trocken. «Ich werde nie wieder Träume deuten», sagte sie dann mit Bestimmtheit. «Das versprech ich dir.» Und nach einem

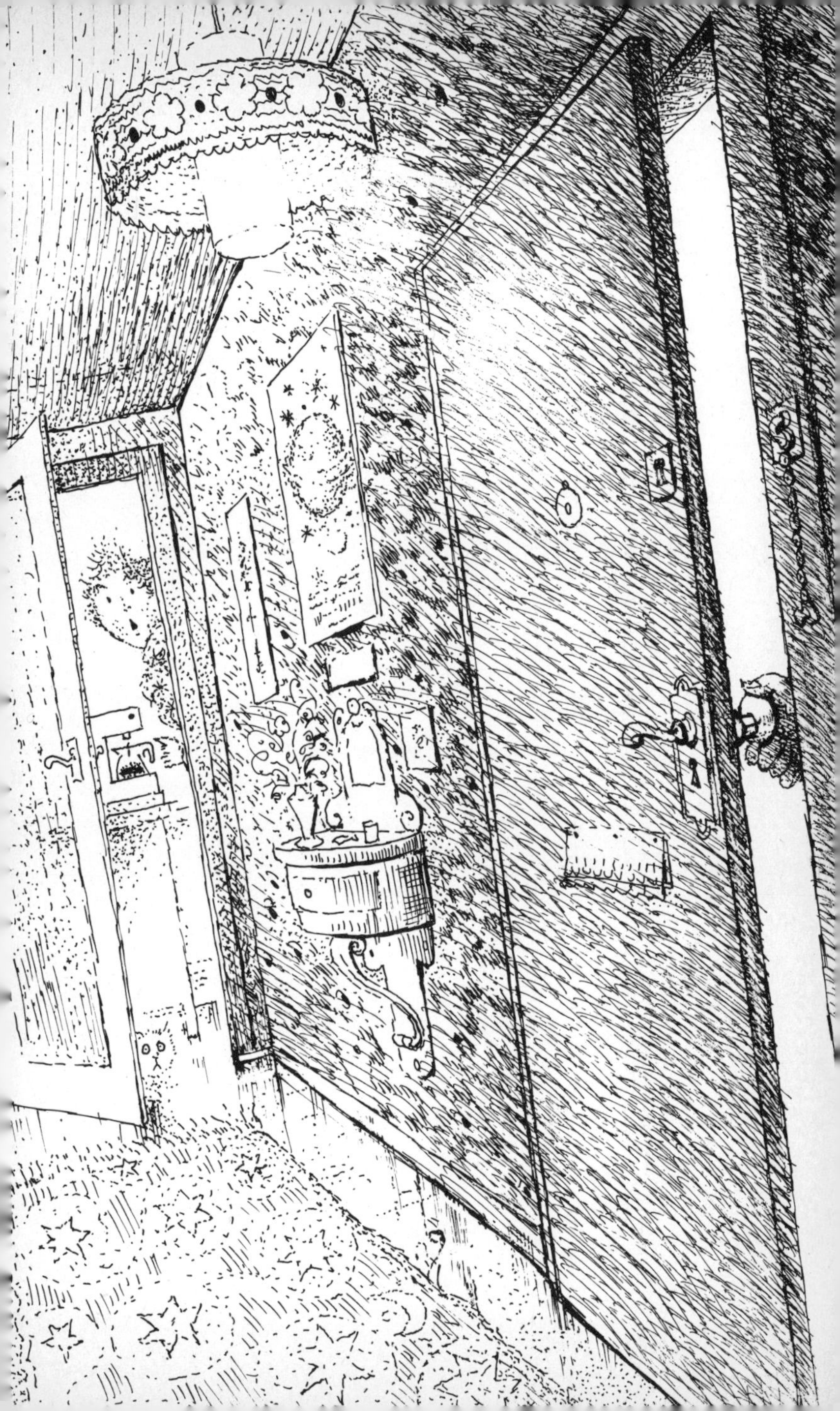

letzten Schluchzer: «In Zukunft werde ich dir die Karten legen.»
«Meinetwegen», erwiderte Herr Siebenschön, «aber bitte erst nach dem Frühstück.»

Süßer die Glocken nie klingen

Der Christbaum stand schon seit letztem Samstag auf dem Balkon und tropfte vor Nässe, denn es regnete seit drei Tagen.
«Du mußt eine Plane unterlegen», rief Frau Hagel aus der

Küche. «Du ruinierst sonst den neuen Teppichboden», fügte sie noch hinzu und pellte eine weitere Kartoffel. Bei Hagels gab es am Heiligen Abend immer Kartoffelsalat und Würstchen.

«Ja, ja», brummte Herr Hagel, der mit Draht und einer Zange den Christbaumständer reparierte. Im Radio sang ein Kinderchor zu Glöckchengeläut «Süßer die Glocken nie klingen als zu der Weihnachtszeit».

Roland, der neunjährige Sohn der Hagels, hörte die Musik und die etwas einseitige Unterhaltung der Eltern in seinem Zimmer. Er übte sich gerade in Schönschrift, denn er mußte noch einen Gutschein für seinen siebzehnjährigen Bruder schreiben. Es war ihm einfach kein passendes Geschenk für Rainer eingefallen.

«Doofe Schenkerei», murmelte er vor sich hin und schrieb dann:

Gutschein für 1 x Fahrradputzen
Roland

Etwas mager sah das ja aus. Aber besser als nichts. Das Geschenk für die Eltern war auch nicht besonders originell. Roland hatte sich kurzfristig, nämlich heute morgen, entschieden, ihnen das im Werkunterricht geschnitzte Ruderboot zu schenken. Es stand zwar schon seit dem letzten Sommer in seinem Regal, aber die Eltern hatten es damals so schön gefunden. Sollten sie es doch haben! Ihm lag sowieso nicht mehr viel daran. Roland überlegte gerade, ob er es in Geschenkpapier einwickeln sollte, als das Telefon läutete.

«Oskar, geh du mal ran», hörte er seine Mutter aus der Küche rufen.
Dann die Stimme des Vaters: «Hier Hagel!» Und nach einer Pause: «Das muß sich um eine Verwechslung handeln. Unser Sohn Rainer wollte mit dem Zug...»
Roland war aufgesprungen und in den Flur gelaufen.
Seine Mutter, mit einer Zwiebel in der Hand, stand neben dem Vater, der ganz grau im Gesicht war und leise in die Muschel sprach: «Sie sagen schwer verletzt?»
«O Gott, nein!» schrie Rolands Mutter, und die Tränen stürzten ihr aus den Augen. «Frag, in welchem Krankenhaus er liegt!»
Der Vater sagte noch: «Ja, ja, wir kommen sofort», und dann hängte er ein.
Mit schleppenden Schritten, wie ein alter Mann, ging der Vater zum Küchentisch und ließ sich auf einen Stuhl fallen. Dann erzählte er stockend und sich hin und wieder die Augen wischend, was passiert war.
Rainer, der in Rosenheim eine Schreinerlehre machte, wollte am Heiligen Abend mit der Eisenbahn nach München zu den Eltern fahren. Er hatte wohl den Zug versäumt, war getrampt oder hatte sonstwie eine Mitfahrgelegenheit bekommen. Jedenfalls war der Wagen, der ihn mitgenommen hatte, auf der Autobahn ins Schleudern gekommen, hatte sich überschlagen, und Rainer war dabei schwer verletzt worden.
«Und wo ist er jetzt?» fragte die Mutter dazwischen.
«Der Notarztwagen hat ihn ins Krankenhaus Holzkirchen gebracht.»

«Wir müssen sofort hinfahren!» sagte die Mutter und zog auch schon ihren Mantel an.
«Und was ist mit Weihnachten?» fragte Roland plötzlich.
«Weihnachten?» Die Mutter machte ungläubige, große Augen. «Dein Bruder liegt schwer verletzt im Krankenhaus, und du denkst an Weihnachten?»
«Entschuldige», sagte Roland beleidigt, «aber was wird jetzt aus mir?»
«Du kommst selbstverständlich mit!» bestimmte der Vater.
Kurze Zeit später saßen alle drei im Wagen. Der Regen klatschte nur so an die Scheiben. Es war ein scheußliches Wetter. Keiner sprach ein Wort.
Im Krankenhaus in Holzkirchen roch es nach Krankenhaus, aber auch nach Tannenzweigen und Kerzen. Und ganz leise ertönte aus einem Lautsprecher «Süßer die Glocken nie klingen...» Roland hatte plötzlich einen bitteren Geschmack im Mund.
Heute war Heiliger Abend, und er hatte sich doch so auf die Geschenke gefreut und sogar auf die Würstchen. Und nur weil sein Bruder so blöd gewesen war, sich von einem Auto mitnehmen zu lassen, anstatt mit dem Zug zu fahren, saß er jetzt hier auf diesem scheußlichen Gang.
Dann kam der Oberarzt.
«Ist es schlimm?» fragte die Mutter mit zuckenden Mundwinkeln.
Der Oberarzt zögerte einen winzigen Augenblick, dann sagte er: «Ihr Sohn hat ein stumpfes Bauchtrauma...» Da

sah er das Nichtverstehen in den Gesichtern der Eltern und erklärte es genauer. «Durch Ultraschall haben wir festgestellt, daß Ihr Sohn freie Flüssigkeit, also Blut im Bauch hat. Das bedeutet, daß wir ihn sofort operieren müssen.»
«Ist das lebensgefährlich, was unser Junge hat?» fragte der Vater.
Der Oberarzt zögerte nochmals, holte Luft und sagte dann: «Ja!» Die Mutter fing sofort wieder zu weinen an und ließ sich auf einem Stuhl nieder. Der Vater setzte sich neben sie und streichelte ihren Arm.
Roland kam sich völlig ausgeschlossen vor. Er ging ans Fenster des Ganges und schaute hinaus. Es regnete noch immer. Aber durch den Regen sah er Häuser, die hell erleuchtet waren. Überall dort feiern sie jetzt Weihnachten und singen, dachte er. Auch das Singen fand er jetzt schön, obwohl er es sonst eher als lästig empfunden hatte. Und ich? Was hab ich? Roland tat sich selber so furchtbar leid, daß er beinahe geweint hätte. Der Vater, der plötzlich hinter ihm stand, mußte das Schniefen gehört haben, denn er legte die Hand auf Rolands Schulter und meinte: «Wein nicht, vielleicht wird dein Bruder ja wieder gesund.»
Roland verließ das Fenster und setzte sich auf den freien Platz neben seiner Mutter. Er beobachtete die Schwestern, die eilig an ihnen vorbeiliefen. Fast alle hatten ein freundliches Lächeln für die unglückliche Familie. Eine blieb sogar stehen und strich Roland übers Haar.
Nee, Pfleger würde er bestimmt nicht werden, dachte Roland, da mußte man ja sogar am Heiligen Abend schuften.

Und die Ärzte hatten es auch nicht besser, die wurden einfach vom Christbaum und den Geschenken weggeholt und mußten operieren.

Auf einmal war Roland eingeschlafen und träumte. Er war auf dem Friedhof, stand vor einem großen Loch, und rechts und links davon war Erde aufgetürmt. Seine Mutter neben ihm schluchzte, sein Vater wischte sich die Augen. Dort unten in der kalten Dunkelheit lag sein Bruder. Roland schnürte es vor Schauder und Schrecken die Kehle zu. Da hörte er wieder das Geläut der Glöckchen und den Kinderchor: «Süßer die Glocken nie klingen als zu der Weihnachtszeit...» Und als er aufblickte, da stand an der oberen Seite des Grabes ein wunderbarer Christbaum mit, wie er meinte, tausend bunten, glitzernden Kugeln und vielen brennenden Kerzen. Nie mehr, dachte Roland, nie mehr wird er einen Christbaum sehen, nie mehr dieses Lied hören, nie mehr, nie mehr! Und Roland fing bitterlich zu weinen an.

Von ganz weit her hörte er da die Stimme seines Vaters: «Roland, Roland, wach auf, es ist alles gutgegangen. Der Arzt hat gesagt, dein Bruder hatte einen Milzriß, aber er ist jetzt außer Lebensgefahr.»

Roland brauchte lange, bis er begriff, daß er geträumt hatte.

Er rieb sich die Augen und merkte, daß sein Gesicht naß und verrotzt war, und ließ es gern geschehen, daß die Mutter ihm jetzt wie einem kleinen Kind die Nase putzte.

Eine Schwester kam und drückte Roland einen Apfel mit einer Kerze in die Hand. Der Junge konnte nur nicken. Die

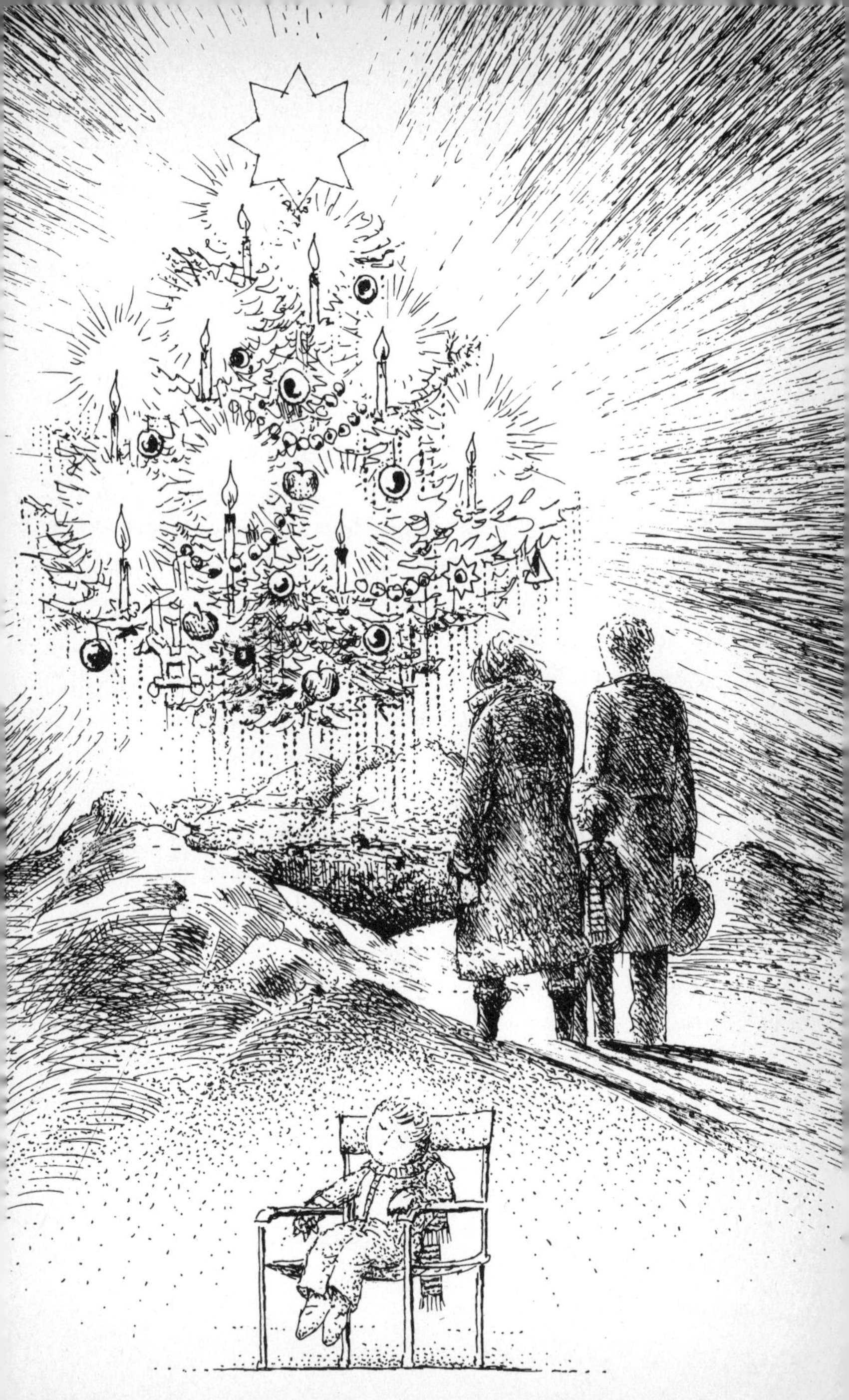

Schwester sagte den Eltern, daß sie bald, für ein paar Minuten, den Patienten sehen dürften. Roland roch an dem Apfel, in dem neben der Kerze auch ein kleines Tannenzweiglein steckte, und alle Gerüche, die er mit Weihnachten verband, waren da. Nur ein bißchen Kartoffelsalatgeruch fehlte.
Kurze Zeit später durften die drei Hagels die Intensivstation betreten. Den Apfel mit der Kerze hatte Roland unter seinem Pullover versteckt. Die Hände an die Brust gepreßt, versuchte er, auf Zehenspitzen zu gehen. Warum, wußte er auch nicht.
Rainer lag bleich und mit geschlossenen Augen auf einem hohen weißen Bett. Aus seiner Nase kam ein Schlauch, der unter das Bett führte. Neben dem Bett stand ein Infusionsständer, an dem zwei Flaschen mit Schläuchen hingen. Aus der einen floß eine durchsichtige Flüssigkeit, die unterhalb des rechten Schlüsselbeins in Rainers Körper tropfte, aus der anderen floß tröpfchenweise Blut durch eine Kanüle in seine Armbeuge.
«Rainer, mein Rainer», rief die Mutter leise, und die Lider des blassen Jungen im Bett flatterten. Dann schlug er die Augen auf. Er versuchte mühsam ein kleines Lächeln und schaute alle drei der Reihe nach an.
Der Vater räusperte sich, tätschelte den Fuß seines Sohnes unter der dünnen Decke und meinte: «Es wird schon wieder, mein Junge.»
Roland holte den Apfel mit der Kerze unter seinem Pullover hervor, stellte ihn auf die Bettdecke und sagte: «Frohe Weihnachten!»

«Weihnachten!» flüsterte der Junge im Bett. Und nach einer langen Pause: «Und ich hab gar keine Geschenke für euch!»
«Doch», sagte der Vater, «doch, doch. Dich.»

Die Ente mit den himmelblauen Füßen

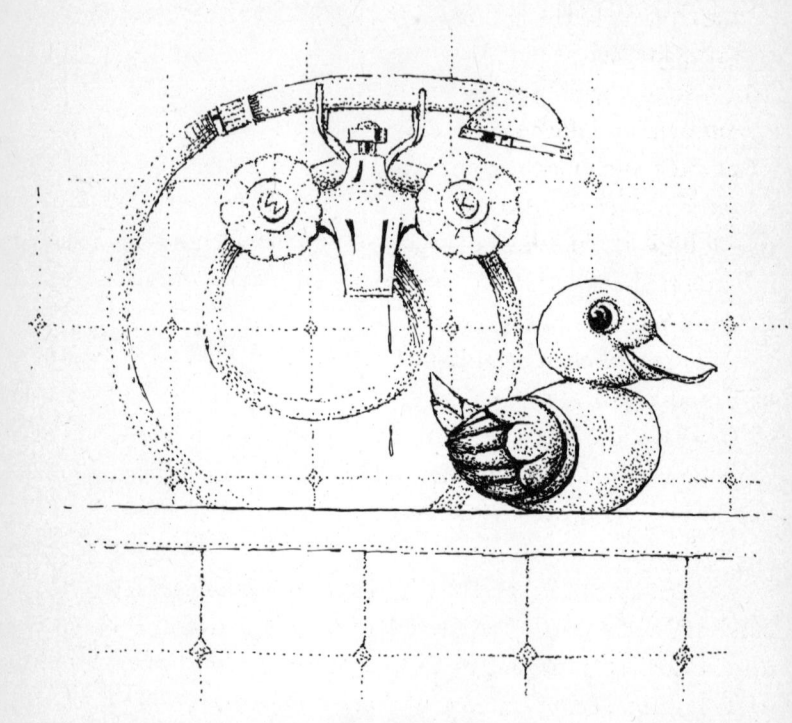

Eva badete nie ohne ihre Ente Karla, die aus gelbem Plastik war, einen roten Schnabel und schwarze kugelrunde Augen hatte. Eines Abends aber vergaß Karla sie am Badewannenrand, weil sie voller Hingabe an ihrem großen, eingerissenen Zehnagel popelte. Als sie ein heiseres, leises Quaken hörte, schaute sie erstaunt auf.

«Laß mich sofort ins Wasser», schnarrte die Ente.
«Entschuldige», sagte Eva und gab der Ente einen kleinen Schubs, so daß sie in die Wanne segelte, «ich hatte dich heute ganz vergessen.»
«Typisch», sagte Karla und schaukelte auf dem Wasser.
Eva streckte sich in der Wanne aus.
«Komisch», meinte sie, «jetzt baden wir schon so lange zusammen, und nie hast du geredet.»
«Hat mich auch mächtig angestrengt, es zu lernen», sagte die Ente, während sie versuchte, im Kreis zu schwimmen. «Aber bilde dir bloß nicht ein, ich hätte mich so abgemüht, um abends ein Viertelstündchen mit dir zu quatschen. Wirklich nicht!»
Eva war ein bißchen beleidigt und zog eine Schnute. «Was hast du denn sonst vor?»
«Großes», sagte Karla. «Ich will vor allem raus aus diesem langweiligen Badezimmer. Ich will die Sonne fühlen, das Gras riechen, auf einem See schwimmen und andere Enten kennenlernen.»
Eva hatte sich schon wieder aufgesetzt und schaute Karla lange an. «Ich weiß nicht, wie ich es ausdrücken soll, aber du bist doch so ganz anders als die echten Enten.»
«Echte Enten, echte Enten», wiederholte Karla verächtlich. «Bin ich eine Ente, ja oder nein?»
«Schon», sagte Eva etwas gedehnt, «aber echte Enten haben Federn und sind nicht aus Plastik.»
«Komm mir bloß nicht damit», antwortete Karla ärgerlich. «Ich bin eine Ente, wie jeder sieht, und ich will auf einen See. Basta.»

«Ich versteh dich ja», meinte Eva und versuchte es wirklich, «aber...» Sie überlegte. «Hier in der Nähe gibt es überhaupt keinen See.»
«Aber einen Bach», sagte die Ente und rollte ihre schwarzen kugelrunden Augen. «Bring mich zu dem Bach! Am besten sofort.»
«Das ist völlig unmöglich», erwiderte Eva, «es ist Abend, ich muß nach dem Baden sofort ins Bett.»
«Dann verlange ich, daß du mich morgen, gleich nach der Schule, hinbringst.» Das klang sehr fordernd.
«Ich darf aber gar nicht allein zum Bach», wagte Eva einzuwenden, «meine Eltern haben es mir streng verboten.»
«Soso, plötzlich nimmst du es so genau mit den Verboten. Soviel ich weiß, wurde es dir vor einem Jahr verboten, und da konntest du noch nicht schwimmen. Also morgen nach der Schule, und komm mir dann bloß nicht wieder mit Ausreden. Sonst...!»
Eva hatte zwar keine Ahnung, was sonst passieren würde, aber am nächsten Nachmittag packte sie die Ente in eine Plastiktüte, klemmte sie auf ihren Gepäckträger, rief der Mutter zu, daß sie ein bißchen radfahren würde, und brauste davon.
Es war nicht weit zum Bach, schon gar nicht mit dem Rad. Erst floß er zwischen neubebauten Grundstücken hindurch, dann, ein bißchen weiter draußen, durch ungemähte, feuchte Wiesen. Alte Bäume ließen ihre Zweige bis ins Wasser hängen. Schilf wuchs am Rand, leider auch Brennesseln. Eva schob ihr Rad das letzte Stück mühsam durch das hohe Gras, dann ließ sie es einfach fallen. Als

sie Karla aus der Plastiktüte holte, quakte die ziemlich gereizt: «Ich bin doch kein Fußball, den man auf den Gepäckträger klemmt.»
«Entschuldige», erwiderte Eva, nun auch ärgerlich, «ich hab ja nicht gewußt, daß du sooo empfindlich bist.»
Sie setzte die Ente am Flußufer ins Gras und wunderte sich, daß sie den Kopf hin und her bewegen konnte.
«Und wo sind meine Kollegen, wenn ich bitten darf?»
«Also wirklich», sagte Eva, «du bist ganz schön unverschämt. Das weiß ich doch nicht. Du wolltest an den Bach. Hier ist er.»
«Ich will aber zu den anderen Enten», quengelte die Badeente.
Was blieb Eva anderes übrig, als Karla wieder in der Plastiktüte zu verstauen, sie diesmal an den Lenker zu hängen und das Rad wieder über die Wiese zu schleifen. Sie fuhr den Weg, den sie gekommen war, zurück. Plötzlich sprang sie vom Rad.
«Da vorne! Da vorne sind welche!» rief sie ganz aufgeregt. Sie holte die Ente heraus und rannte mit ihr zum Bach, der an dieser Stelle eine Biegung machte und eine kleine Bucht bildete. «Hier hast du deine Enten», sagte sie und warf Karla etwas grob ins Wasser.
Die Ente fiel auf die Seite und trudelte nun ziemlich hilflos hin und her. Sofort empfand Eva Mitleid und hatte ein schlechtes Gewissen. Aber ein kleiner Wellenschlag richtete Karla wieder auf. Unsicher und langsam schaukelte sie jetzt durch die kleine Bucht auf drei echte Enten zu, die mit ihren grünschillernden Federn und dem weißen

Halsring sehr hübsch aussahen. Aber ohne die Badeente auch nur eines Blickes zu würdigen, schwammen die drei gegen den Strom und waren bald hinter der Flußbiegung verschwunden.

Karla jedoch, die in die Strömung geraten war, sauste plötzlich wie wild in die andere Richtung.

«Ach, du große Güte», schrie Eva und rannte neben dem Bach und Karla her. Glücklicherweise verfing sich die Ente bald in einem herunterhängenden Ast. Es war für Eva nicht leicht, die Ente wieder aus dem Wasser zu holen. Sie verbrannte sich die nackten Beine und Arme an den Brennesseln, bekam nasse Strümpfe und Schuhe, aber schließlich hielt sie ihre Karla wieder im Arm. Mit ihrer Bluse trocknete sie sie ab.

«Hast du die anderen gesehen?» fragte die Ente und schniefte.

«Doch, doch», sagte Eva und wartete.

«Die haben mich nicht einmal angeschaut. Für die war ich Luft.» Jetzt schluchzte die Ente sogar. «Einfach Luft.»

«Mach dir nichts draus», versuchte Eva zu trösten. «Das waren doch ganz gewöhnliche, doofe Enten, grün und braun und lange nicht so schön gelb wie du.»

«Du verstehst überhaupt nichts», schluchzte Karla weiter. «Sie waren wunderschön. Und so will ich auch werden.»

«Wie willst du das anstellen?» fragte Eva.

«Ich werde mich wahnsinnig konzentrieren und anstrengen müssen, aber ich schaff das schon.»

Eva war beeindruckt, glaubte aber nicht daran.
Am nächsten Morgen sagte Evas Mutter zu ihrer Tochter, die gähnend im Bett saß: «Du hast deine Ente angemalt. Hoffentlich gehen die Farben beim Baden nicht ab. Sonst kannst du sie nicht mehr mit in die Wanne nehmen. So, jetzt steh aber auf.»
Eva sprang aus dem Bett und rannte ins Bad. Auf dem Wannenrand stand Karla wie immer an der gleichen Stelle. Aber wie hatte sie sich verändert! Ihr Schnabel war nicht mehr rot, sondern gelb, ihr Kopf und ihr Hals schimmerten dunkelgrün, und um den Hals hatte sie einen weißen Ring.
«Toll», sagte Eva ergriffen. «Wie hast du das bloß gemacht?»
Karla machte den Schnabel nicht auf, zwinkerte aber mit dem linken Auge Eva zu.
Die Verwandlung der Ente machte so schnelle Fortschritte, daß Eva es für klüger hielt, sie tagsüber in ihrem Schrank hinter dem Teddybären zu verstecken. Abends jedoch nahm sie sie wie immer mit in die Wanne. Karla hatte dringend darauf bestanden, wegen der Schwimmübungen. Und sie hatte Eva auch anvertraut, daß gerade das richtige Schwimmen ihr die größten Schwierigkeiten bereitete.
«Du mußt mehr Wellen machen», sagte sie in der Wanne. «Nur so kann ich üben, gegen die Strömung zu schwimmen.»
In dieser Zeit war das Badezimmer abends regelmäßig überflutet, und Eva wurde regelmäßig ausgeschimpft.

Eine Woche später wollte Karla unbedingt wieder zum Bach getragen werden.
«Ich muß mir die Enten noch mal genau ansehen», sagte sie. «Irgend etwas fehlt mir noch. Und wenn ich nicht weiß, was es ist, dann kann ich mich noch so anstrengen, dann krieg ich die Schwimmerei nie hin.»
«Na gut», sagte Eva gutmütig.
Als sie am Bachufer ankamen, schreckten sie zwei Enten auf, die dort friedlich in der Sonne gesessen hatten. Die Enten watschelten nicht allzu hastig zum Wasser.
«Ich hab's», rief Karla. «Die Füße! Mir fehlen die Füße.»
«Meinst du wirklich?» fragte Eva.
«Aber genau, es sind die Füße. Damit können sie gehen, landen, gegen den Strom paddeln.»
«Aber wie willst du es schaffen, auch noch Füße zu kriegen?»
«Du wirst mir helfen», bestimmte Karla. «Es ist für mich viel leichter, sie zu verändern, wenn sie schon mal an mir dran sind.»
«Aber ich kann dir keine Füße machen, ich bin doch schließlich nicht der liebe Gott.»
Plötzlich auf dem Heimweg bewegte sich die Plastiktüte ganz heftig, und Eva hörte, etwas gedämpft zwar, aber sie hörte, wie die Ente rief: «Ich hab's. Knete. Du machst mir Füße aus Knete.»
Zu Hause angekommen, mußte Eva sofort nach Knete suchen. Das war gar nicht so einfach, denn sie hatte seit Ewigkeiten nicht mehr mit Knete gespielt. Als sie endlich

die Schachtel gefunden hatte, stellte sie fest, daß nahezu alle Knete vertrocknet war. Nur ein Stück himmelblauer Knete steckte noch in seiner Originalverpackung.
«Ich kann dir doch keine himmelblauen Füße machen», sagte Eva.
«Natürlich kannst du», antwortete Karla. «Los, fang an. Lieber himmelblau als gar keine Füße. Und wenn mir die Farbe gar nicht gefällt, kann ich immer noch versuchen, sie zu verändern.»
Nun, Eva bastelte den ganzen Nachmittag Entenfüße. Die ersten waren zu klein, die zweiten zu klobig. Dann vergaß sie versehentlich die Schwimmhäute.
Karla saß ungeduldig daneben. «Du bist ganz schön dämlich», sagte sie. «Die Schwimmhäute sind doch das Wichtigste.»
Schließlich modellierte Eva zwei Entenfüße, die, obwohl hellblau, doch ganz ähnlich wie Entenfüße aussahen. Sie klebte sie unten an die Ente, versteckte sie wieder hinter dem Teddybären und ging ins Bett.
Am nächsten Morgen, einem Samstag, schaute sie als erstes nach Karla. Die strahlte über ihr ganzes Entengesicht. «Passen wie angegossen. Hab ich doch gut hingekriegt, oder?»
«Einfach phantastisch», sagte Eva und meinte es auch so. Die Füße schienen über Nacht an die Ente angewachsen zu sein. Hellblau allerdings waren sie noch immer.
«Macht nichts», sagte Karla. «Jetzt aber nichts wie hin.»
Eigentlich sollte Eva ihr Zimmer aufräumen, während

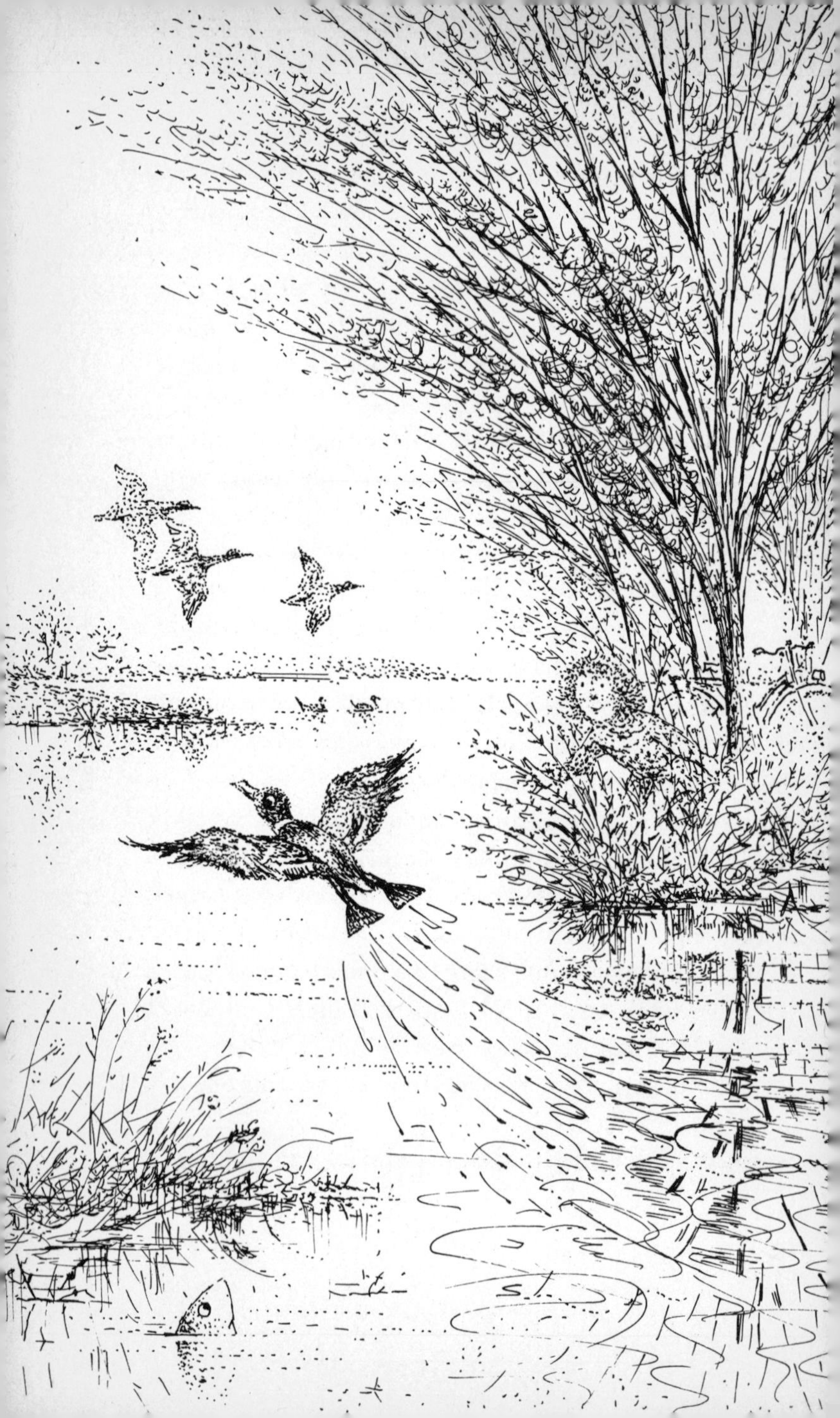

ihre Mutter zum Einkaufen ging, aber Karla drängte so sehr, daß Eva sich überreden ließ. Sie befestigte einen Korb auf ihrem Gepäckträger, setzte die Ente hinein und fuhr mit ihr zum Bach. Als sie die Ente aus dem Korb hob, stellte sie fest, daß Karla nicht nur die Farbe der richtigen Enten hatte, sondern ganz mit weichen Federn bedeckt war. Auch schwerer war sie geworden. Nur ihre Füße waren weiterhin himmelblau.
«Du siehst wunderschön aus, Karla», sagte Eva und spürte in ihrer Hand das kleine Herz der Ente schlagen. «Und jetzt?» fragte sie dann, als sie schon zwischen den Brennesseln waren.
«Setz mich vorsichtig am Ufer ab», sagte Karla, und Eva setzte sie ab.
Karla schüttelte ihr Gefieder, trat von einem hellblauen Bein aufs andere, und dann ganz plötzlich breitete sie ihre herrlich braun und grün schillernden Schwingen aus und erhob sich mindestens einen Meter über den Boden. Mit vorgerecktem Kopf flog sie ein Stück den Bach hinauf, dann setzte sie auf der Wasseroberfläche auf, indem sie ihre himmelblauen Füße wie Bremsklötze vorstreckte. Eva klatschte vor Begeisterung in die Hände. Aber Karla drehte sich nicht einmal um. Sie schwamm jetzt auf eine kleine Gruppe von Enten zu und gesellte sich zu ihnen.
«Karla», rief Eva, «Karla, komm, wir müssen heim. Meine Mutter kommt gleich vom Einkaufen zurück.»
Aber Karla reagierte überhaupt nicht. Zusammen mit einer anderen Ente erhob sie sich vom Wasser, flog auf und dann hoch über Evas Kopf hinweg. Und ihre him-

melblauen Füße schimmerten in den hellen Strahlen der Sonne.
«Mach's gut, Karla!» rief Eva und winkte.
Während sie dann zu ihrem Fahrrad ging, wischte sie sich die Tränen vom Gesicht.

Was machen wir mit dem Mädchen?

Ich bin ein kleiner Hund. Vielleicht bin ich acht oder zehn Wochen alt. Als Hund weiß man das nicht so genau. Ich liege in einem weißen Schuhkarton auf schwarzem Seidenpapier und denke über mein kurzes Leben nach. Der Karton mit mir muß in der Nähe einer großen Straße stehen, denn ich höre unaufhörlich Autos vorbeifahren. Manchmal rumpelt es richtig, und ich fühle, wie die Erde bebt. Das wird dann wohl ein großes Auto gewesen sein.

Mein Leben auf der Welt fing natürlich mit der Geburt an, obwohl ich mich daran nicht richtig erinnern kann. Aber ich fühle noch jetzt die Wärme am Bauch meiner Mutter und hab den Geruch ihres Fells und den ihrer Zitzen noch gut in der Nase. Am Anfang waren wir sechs Junge. Aber schon nach drei Tagen wurden vier von uns weggeholt. Sie wimmerten entsetzlich, und meine Mutter winselte und lief den ganzen Tag unruhig hin und her. Sie suchte ihre Kinder überall, fand sie aber nicht mehr. Am neunten Tag machte ich die Augen auf und sah, daß wir alle drei weiß waren.

Wir bewohnten damals eine wunderbare Kiste, die mit Zeitungspapier ausgelegt und voller weicher Lumpen war. Die Kiste stand in einem kleinen Schuppen, in dem Gartengeräte und Liegestühle aufbewahrt wurden. Ich trank und schlief und schlief und trank, und wenn ich ganz munter war, raufte ich ein bißchen mit meinem Bruder. Unsere Mutter hielt uns sehr sauber und leckte den ganzen Tag an uns herum. Da waren auch zwei Menschenkinder, die uns täglich besuchten, uns streichelten und manchmal auf den Arm nahmen. Das hatte ich nicht so gern und quietschte deshalb, wenn sie mich zu fest drückten.

Mit etwa vierzehn Tagen kannte ich jeden Winkel unserer Kiste und versuchte auch schon mal, über den Rand zu schauen. Aber leider war der noch zu hoch für mich. Mit meinem Bruder verstand ich mich gut, und um die Zitzen mußten wir nicht streiten, es waren ja genug da für uns zwei. Wenn ich trank, dann trat ich meiner Mutter immer mit den Pfoten in den Bauch. Ihr schien es nichts auszumachen, aber die Milch spritzte dann nur so heraus. So vergingen die ersten Wochen, und ich war glücklich.

Eines Abends standen zwei große Menschen über unsere Kiste gebeugt, und ich hörte, wie der eine mit der tiefen Stimme sagte: «Die Eckerts haben zugesagt, daß sie den kleinen Rüden nehmen. Aber was machen wir mit dem Mädchen?»

Mir war klar, daß sie mit «dem Mädchen» mich meinten. Es beunruhigte mich natürlich, aber dann vergaß ich es wieder. Ein paar Tage später kamen diese Eckerts und holten meinen Bruder ab.

«Gut, daß Sie jetzt kommen», sagte der Mann mit der tiefen Stimme, «jetzt, wo die Kinder in der Schule sind.»

«Und was machen Sie mit dem anderen?» fragte einer der Eckerts.

Der Mann zuckte mit den Schultern und meinte: «Bis nächste Woche müssen wir eine Lösung gefunden haben, denn dann fahren wir in den Urlaub. Die alte Hündin kommt zu meiner Schwiegermutter. Aber wir können ihr nicht auch noch einen Welpen aufhalsen.»

«Dann bleibt wohl nur der Tierarzt?» fragte der andere Eckert mit mitleidiger Stimme.

«Das ist ja das Problem», sagte der Mann. «Unser Tierarzt weigert sich, gesunden Hunden, die schon ein paar Wochen alt sind, noch eine Spritze zu geben.»

«Na ja, vielleicht finden Sie ja doch eine nette Familie, die

Ihre kleine Hündin nimmt.» Das war wieder einer von den Eckerts, der das sagte.

Ich war jetzt allein mit meiner Mutter und ziemlich verwirrt. Um mich zu trösten, trank ich, bis ich wirklich nicht mehr konnte, und dann schlief ich ein.

Die nächsten zwei, drei Tage war ich viel allein, denn meine Mutter verbrachte immer weniger Zeit bei mir. Sie machte Spaziergänge mit der Familie oder trieb sich im Garten herum. Ohne meinen Bruder fand ich das Leben langweilig. Und ich war jetzt richtig dankbar, wenn die beiden Menschenkinder kamen und mich ein bißchen auf den Arm nahmen. Ich versuchte auch, nicht zu quietschen.

Dann, eines Morgens, meine Mutter war ausgegangen und die Menschenkinder sicher wieder in der Schule, kam der Mann mit diesem weißen Schuhkarton. Ich hatte natürlich keine Ahnung, was er mit mir vorhatte, und schaute ihm interessiert zu, wie er mit einer Gartenschere Löcher in den Kartondeckel schnitt. Dann holte er mich aus der Kiste, streichelte mich lange, seufzte und setzte mich auf das schwarze Seidenpapier. Meine neue Behausung gefiel mir ganz und gar nicht, sie war viel zu klein, auch wenn sie ganz angenehm roch. Ich zappelte herum und winselte auch, aber es half mir nichts. Ich wurde in einen dunklen Raum gesperrt, eine scheppernde Tür wurde über mir zugeschlagen, ein Motor heulte auf, und ich wurde weggefahren. Es dauerte eine Ewigkeit, bis der Wagen wieder hielt. Der Mann nahm meinen Karton und mich aus dem Kofferraum, und ohne den Deckel noch einmal anzuheben, stellte er mich irgendwo ab.

Jetzt liege ich hier auf dem schwarzen Seidenpapier, das ich schon ein bißchen naß gemacht habe, und weiß nicht, wie es weitergehen wird. Ich hab so Heimweh nach meiner Mutter, und Hunger hab ich auch.
Plötzlich höre ich Menschenkinderstimmen. Aber es sind nicht die, die ich kenne.
«Guck mal, Friedo, der Karton da, neben dem Papierkorb, der bewegt sich doch!»
«Au ja, du hast recht. Komm, wir machen mal den Deckel auf!»
«Und wenn da jetzt Schlangen oder was ähnliches Grausliches drin sind?»
«Sabine, du spinnst, wer stellt denn Schlangen auf einem Autobahnparkplatz ab? Und noch dazu in einem Schuhkarton.»
In diesem Augenblick ruft eine Männerstimme: «Kinder, einsteigen, wir fahren weiter.»
«Ich hab noch nicht Pipi gemacht.» Das ist wieder Sabine.
«Dann aber mal los, beeil dich, sonst kommen wir ja nie nach Wörgl.»
Schritte entfernen sich, dann fährt ein Auto an, und alles ist still bis auf das Zischen der Reifen auf der nahen Autobahn. Mein Heimweh und mein Hunger werden immer schlimmer, und ich wimmere leise vor mich hin. Ich achte schon gar nicht mehr auf die an- und abfahrenden Autos. Aber plötzlich wird es furchtbar hell, und ich muß sofort die Augen schließen, weil es so weh tut, und da sagt eine weiche, freundliche Stimme: «Noch ein verlassenes, un-

glückliches Wesen.» Und mit dem Schuhkarton werde ich aufgehoben und zu einem roten Auto gebracht. Die Frau ist jung und hübsch, nur etwas verweint sieht sie aus, finde ich. Sie stellt mich ohne Deckel auf den Nebensitz, und dann brausen wir los.

Wir beide sind allein im Auto, aber die Frau spricht mit mir oder mit sich, wie man's nimmt.

«Was mache ich denn nun mit dir?» fragt sie, nimmt die rechte Hand vom Steuerrad und krault mich hinter den Ohren.

Und weil mir das so guttut, kuschel ich meinen ganzen Kopf in ihre Hand.

«Ich werde ein nettes Tierheim für dich finden», sagt sie und nimmt die Hand weg.

Ich schaue traurig, weil ich ihre Wärme nicht mehr spüre, und sie blickt mich kurz an und muß lachen.

«Du siehst aus», sagt sie, «als wenn du wüßtest, was ein Tierheim ist.»

Ich weiß es nicht genau, aber ich ahne es. Meine Hundemutter war ja schließlich nicht dumm und hat mir, auf ihre Art, viele Dinge mitgeteilt.

Nach einer Pause, in der die junge Frau wohl furchtbar viel gedacht hat, man sieht es an der kleinen Falte zwischen ihren Augen, sagt sie laut: «Ich mag Hunde wirklich sehr, aber gerade jetzt, wo ich ein neues Leben anfangen muß, allein, ein neues Leben an...»

Die Frau spricht nicht weiter, weil sie weinen muß, und ich möchte sie so gern trösten und versuche, irgendeinen Laut aus mir herauszupressen, einen Laut, der kein Winseln ist,

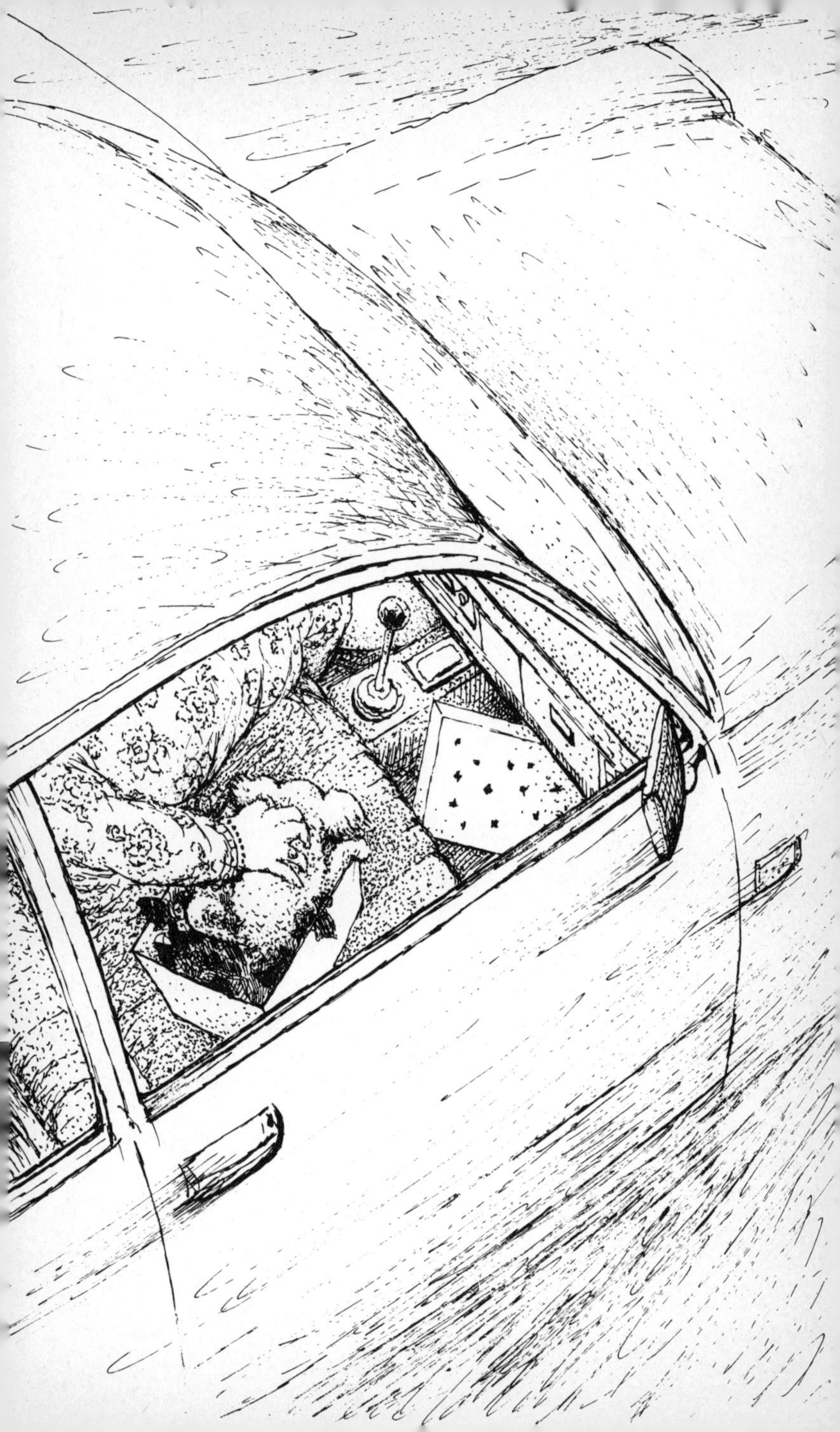

und plötzlich kommt ein «Woh» aus meiner Kehle, und ich habe das erste Mal in meinem Leben gebellt.

Jetzt weint die Frau noch mehr, sie schluchzt richtig, und ihre Hand ist wieder in meinem Fell, und als ich sie anschaue, lächelt sie.

«Ach, du liebe Güte», sagt sie dann und wischt entschlossen die Tränen vom Gesicht, «du mußt ja sicher mal.» Und am nächsten Parkplatz werde ich ins Gras gesetzt und mache ihr zuliebe einen kleinen Haufen.

«So», sagt sie laut und bestimmt, «jetzt besorgen wir dir erst mal was zu fressen. Und ein Körbchen kriegst du auch. Und die Margot ruf ich an, die kennt sich mit Hunden aus. Wir zwei werden es schon schaffen! Das wäre doch gelacht!»

Und während sie mich zum Wagen trägt, bemerke ich, wie wundervoll sie riecht.

Eine Dohle ist doch keine Elster

«Keine Krähe! Du bringst mir auf gar keinen Fall eine Krähe ins Haus», schrie die Mutter, als Julia mit dem Vogel auf dem Arm vor der Haustür stand.
«Aber Mami, es ist eine Dohle!»
«Egal! Zwei Meerschweinchen, die sich beißen, ein Hamster, der nachts rumort, ein Hund, der haart, drei Kinder, die sich streiten, und ein Mann, der ständig Eisenbahn spielt, das ist genug. Genug für eine geplagte Frau!» Die geplagte Frau hatte rote Flecken im Gesicht bekommen.

«Aber Mami, sie ist doch verletzt.»
«Auch das noch!» stöhnte die Mutter. «Zeig her!»
Immer noch unter der Haustür, untersuchte Frau Hirtsiefer den großen schwarzen Vogel, der zwar ängstlich blinzelte, sich sonst aber ruhig verhielt. «Hier am Flügel hat er eine Wunde. Komm!»
Gemeinsam trugen sie die Dohle in die Küche und setzten sie auf den Tisch.
«Wo hast du sie denn gefunden?» fragte Frau Hirtsiefer, während sie nach Verbandszeug kramte.
«Ich hab sie nicht gefunden, sondern Anne.»
«Ach! Und warum hat Anne sie dann nicht mit nach Hause genommen?» fragte die Mutter und schaute mißtrauisch.
«Weil, weil ihre Eltern keine Tiere im Haus dulden.»
«Typisch», sagte Frau Hirtsiefer nur und zog die Augenbrauen hoch. Die roten Flecken im Gesicht waren verschwunden. Behutsam reinigte sie die Wunde und machte dann einen kleinen Verband. «Sicher irgendein blöder Köter, der sie erwischt hat», murmelte sie vor sich hin.
Für Frau Hirtsiefer waren alle fremden Hunde blöde Köter. Ihre eigene Hündin Polly dagegen hielt sie für äußerst intelligent. Sie haarte nur leider so.
«Wir können sie doch ein paar Tage im Garten behalten», schlug Julia vorsichtig vor.
«Wir können nicht nur, wir müssen», sagte ihre Mutter und machte ein wichtiges Gesicht. «Also, wir nehmen eine alte Apfelkiste, kippen sie um, brechen vorne die Bretter heraus, und schon hat unser Vögelchen eine gemütliche Wohnung.»

Kurze Zeit später war die Dohle auf den schönen Namen Paula getauft, mit Wasser, Körnern und Käse versorgt und in ihr Apfelkistenhaus neben dem Komposthaufen eingezogen.

Die ganze Familie freute sich über den neuen Gast. Nur Polly nicht. Aus Rache stank sie den ganzen Abend und haarte wie verrückt.

Nach ein paar Tagen schon hüpfte Paula im Garten herum, und bald fraß sie Marmorkuchenreste aus Julias Hand. Es dauerte nicht lange, und die Dohle konnte wieder fliegen.

«Jetzt werden wir sie bald los sein», sagte Julias Mutter. Aber es klang nicht besonders erfreut.

Die Mutter hatte sich geirrt. Die Dohle flog zwar weg, aber sie kam immer wieder, setzte sich aufs Fensterbrett oder auf den Gartenzaun und wartete auf Julia. Wenn Julia sie rief, kam sie angeflogen, ließ sich auf ihrer Schulter nieder und nibbelte vorsichtig an ihrem Goldkettchen.

Dann fing Paula an, Julia auf ihrem Schulweg zu begleiten. Bis zur Schultür flatterte sie dicht neben ihr her, dann krächzte sie zweimal und flog in den Himmel. Nach der Schule saß sie auf einem Mäuerchen, wartete auf dem Ast einer Linde oder segelte von einem der nahen Dächer herunter.

Julia liebte ihre Dohle und sprach zu ihr wie zu einer Freundin.

Zu Annes Geburtstagsfeier flog Paula selbstverständlich mit. Sie hockte sich im Nachbargarten auf einen Birnbaum und sah den Kindern beim Würstchenschnappen

und Sackhüpfen zu. Julia schnappte und hüpfte voller Begeisterung und vergaß ihre Dohle. Irgendwann holte sie sich noch etwas Limo auf der Terrasse und traf dort Annes Mutter, Frau Kleinschmidt, die völlig erschöpft in einem Liegestuhl hing. Als Julia sich ihr Glas vollschenkte, bemerkte sie zwei goldene Ohrclips, die neben einem Teller mit Krapfen lagen.
Julia blickte den Schmuck lange an.
«Gefallen sie dir?» fragte Frau Kleinschmidt.
«Hmh», sagte Julia nur, trank ihr Glas aus und ging wieder zu den anderen. Besonders höflich war das nicht, das wußte sie auch.
Der Nachmittag endete nicht so lustig, wie er angefangen hatte, weil Anne dauernd mit Martina flüsterte und Julia sich darüber ärgerte. Etwas beleidigt ging sie heim.
Sie war kaum zu Hause, als das Telefon läutete. Frau Hirtsiefer nahm den Hörer ab, sagte: «Ach, Frau Kleinschmidt», lauschte und bekam rote Flecken im Gesicht.
Julia wurde schlagartig klar, daß etwas passiert war.
«Meine Tochter jedenfalls kann es nicht gewesen sein», sagte die Mutter ziemlich spitz und knallte den Hörer auf die Gabel. «Diese Napfsülze meint, du hättest wohl ihren goldenen Ohrclip versehentlich mitgenommen. Gestohlen meint sie. Gestohlen! Eine Unverschämtheit!»
Julia war wie vom Donner gerührt. «Also, Mami, wirklich nicht...»
«Du brauchst gar nichts zu sagen, ich weiß doch, daß du niemals... Aber wer könnte denn...» überlegte Frau Hirtsiefer laut.

Plötzlich durchzuckte Julia ein schrecklicher Gedanke.
«Wo ist eigentlich Paula?» rief sie, rannte in den Garten und blickte sich um. Die Dohle war nirgends zu sehen. Julia rief und pfiff, gurrte und lockte. Von der Dohle keine Spur. Da marschierte sie zur Apfelkiste, kniete sich nieder und schaute hinein. Vorn verstreute Körner und ein paar vergammelte Käsereste. Doch dahinten im Eck, da blinkte doch etwas!
«Mami», schrie Julia, «ich hab ihn! Paula hat den Ohrring geklaut.»
Nachdem Mutter und Tochter lange genug die Köpfe geschüttelt hatten, griff Frau Hirtsiefer zum Telefon.
«Frau Kleinschmidt», sagte sie, «der Ohrring hat sich gefunden. Unsere Dohle Paula hat ihn gestohlen.»
«Na, so was?» hörte man die Stimme von Frau Kleinschmidt am anderen Ende der Leitung. «Das ist mir aber ganz neu, daß Dohlen Schmuck stehlen. Von Elstern hat man so was ja schon mal gehört. Aber Dohlen! Erzählen Sie mir doch keine Märchen, Frau Hirtsiefer. Aber ist ja auch egal, Hauptsache, ich kriege meinen Schmuck wieder. Er ist nämlich echt und war sehr teuer.» Dann hängte sie auf.
Frau Hirtsiefer war wütend. «Alles nur wegen der blöden Dohle», sagte sie.
Mit hängendem Kopf und furchtbar traurigem Herzen ging Julia in den Garten hinaus. Sie fand die Dohle auf dem Komposthaufen, wo sie nach Würmern suchte. «Ach, Paula», sagte sie, «was du da angestellt hast, ist schlimm. Alle werden denken, daß ich eine Diebin bin.» Und dann hockte sie sich ins Gras und weinte.

Am nächsten Tag hatte Julia Fieber und konnte nicht in die Schule gehen. Frau Hirtsiefer machte sich Sorgen und dazwischen Wadenwickel. Als Julia ein bißchen schlief, brachte sie den Ohrclip zurück.

Es war ein wunderbarer Junitag und viel zu schade für Fieber und Fencheltee. Julias eine Schwester kurvte mit dem Rad herum, und die andere, die kleine, kroch fast nackt durch den Garten und stopfte voller Begeisterung Löwenzahn in den Mund. Paula war nirgends zu sehen. Plötzlich klingelte wieder das Telefon. Frau Kleinschmidts Stimme klang sehr schrill: «Ich bin außer mir. Ihre widerliche Dohle ist ja gemeingefährlich. Sie hat mir schon wieder meinen Ohrclip gestohlen!»

«Aber das ist doch gar nicht möglich», unterbrach sie Julias Mutter. «Sie haben doch selbst behauptet, daß Dohlen keinen Schmuck stehlen.»

«Das dachte ich auch, aber Ihr scheußliches Tier hat ihn mir ja sogar vom Ohr gerissen.»

«Das tut mir aber wirklich leid», sagte Frau Hirtsiefer und strahlte. «Wir bringen ihn dann wieder vorbei.»

Als Frau Hirtsiefer das Zimmer ihrer Tochter betrat, um ihr die Neuigkeit zu erzählen, sah sie Paula im offenen Fenster sitzen. Im Schnabel hielt sie den Ohrclip.

Natürlich schimpfte Julia später ausgiebig mit der Dohle. Aber sie machte dabei ein ganz glückliches Gesicht, und am Abend war sie fieberfrei.

«Die Welt ist voller Wunder», sagte Frau Hirtsiefer, während sie vergnügt den Hund bürstete.

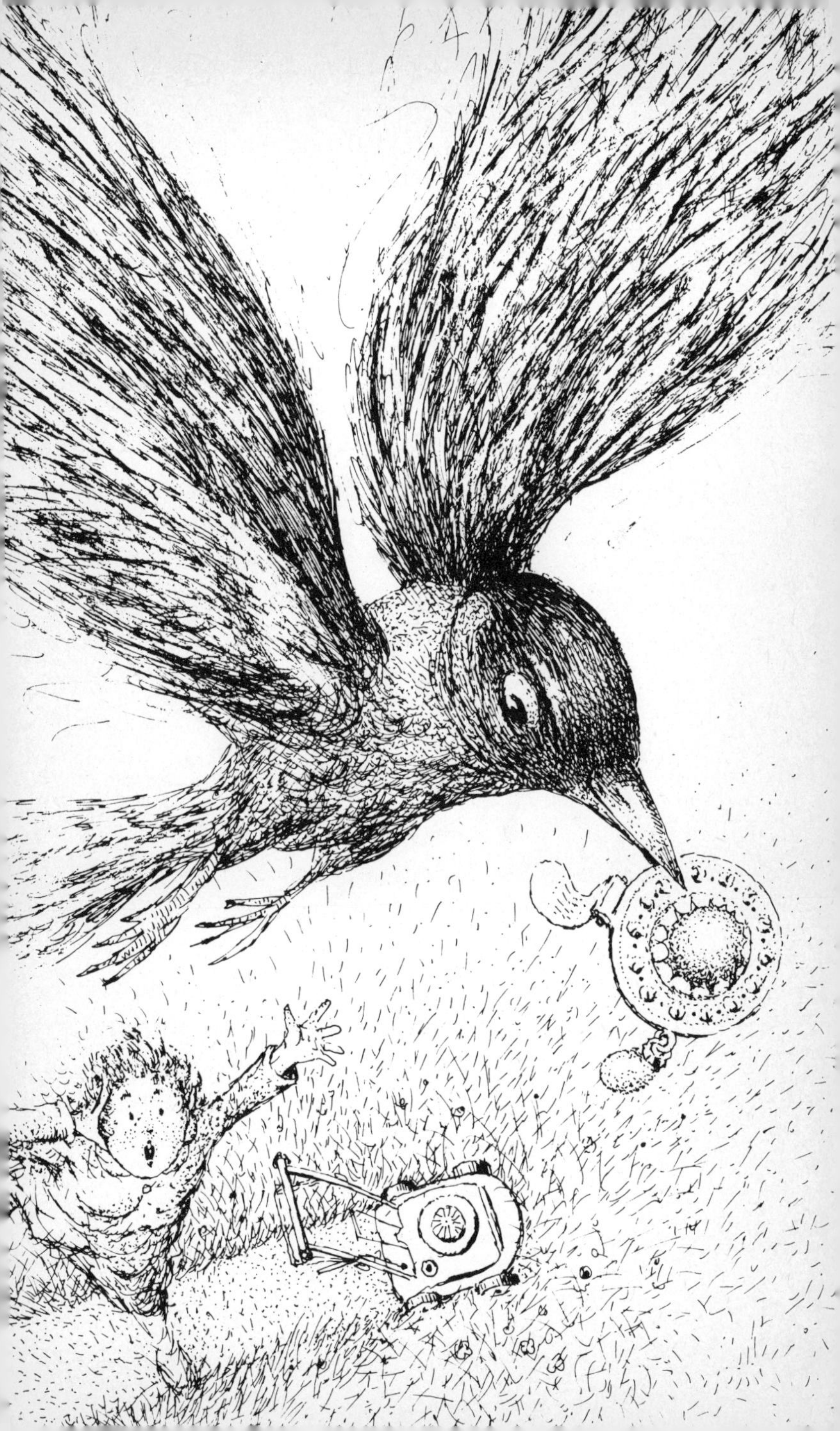

Zwei Fliegen mit einer Klappe

Mein Freund Alfred ist ein Zwerg, kein Gartenzwerg, sondern ein echter, richtiger Zwerg, der im Wald lebt. Er wohnt, wie bessere Zwerge es tun, unter den Wurzeln einer hohen Buche. Seine Wohnung ist recht gemütlich, auch wenn es nicht ganz mein Geschmack ist. Besonders

stolz ist Alfred auf die Tatsache, daß er seine ganze Einrichtung selbst gebastelt hat, und zwar aus Dingen, die die Menschen im Wald so wegzuwerfen pflegen. Aus leeren Streichholzschachteln macht Alfred Schubladen für allen möglichen Krimskrams, in leeren Bierdosen setzt er Hagebuttenwein oder Sauerampferkraut an, alte Zeitungen liest er monatelang und verwendet sie dann als Wärmedämmung für sein Haus, und mit Hilfe von Silberpapier hat er neulich sein gesamtes Holzbesteck versilbert. Er ist sehr geschickt in diesen Dingen und kann eigentlich alles gebrauchen.
Wiederverwertung nennt Alfred das.
«So schlage ich zwei Fliegen mit einer Klappe», pflegt er zu sagen, «der Wald wird aufgeräumt, und ich komme billig zu Möbeln und Baumaterial.»
Ich kenne Alfred schon länger. Als ich einmal beim Pilzesammeln ganz besonders tief im Gebüsch herumkroch, fand ich ihn auf einer winzigen Lichtung, mitten in einer Fichtenschonung, schlafend. Wir sind beide furchtbar erschrocken, und nach längeren Erklärungen und Entschuldigungen meinerseits kamen wir ins Gespräch. Er hat mich dann öfter mal getroffen und irgendwann auch in seine Wohnung eingeladen.
Mir war klar, daß das eine ganz besondere Ehre war. Als er mir den Eingang zu seinem Haus zeigte, habe ich natürlich gedacht, daß ich durch diese Öffnung nicht einmal meinen Kopf würde stecken können. Aber Alfred hat mich an die Hand genommen, und wie durch ein Wunder konnte ich seine Wohnung betreten, ohne mir auch nur

den Kopf am Türbalken anzustoßen. Nun, innen, wie schon gesagt, war es recht gemütlich, aber ich fand die Luft etwas dumpfig und die Beleuchtung, ein winziger Kerzenstummel, etwas dürftig. Alfred bot mir Blutreizkersuppe an, die ich höflich aß, aber geschmeckt hat sie mir nicht, wenn ich ehrlich bin. Sein Hagebuttenwein allerdings, den wir aus Eichelschalen tranken, war vorzüglich.
Seit diesem Tag betrachtete ich mich als Alfreds Freund.
Dann haben wir uns über ein Jahr nicht gesehen, da ich aus beruflichen Gründen in Amerika war. Ich bin nämlich Testpilot für Luftballons und deshalb ziemlich häufig unterwegs.
Ich freute mich sehr auf ein Wiedersehen und eilte kurz nach meiner Heimkehr zu seiner Wohnung. Mir fiel schon auf dem Hinweg auf, daß jetzt ein ziemlich breiter Fußpfad an Alfreds Haus vorbeiführte, und ganz in der Nähe war eine Art Grillplatz entstanden.
Ich klopfte unser verabredetes Zeichen an seine Haustür, fünfmal kurz und zweimal lang. Aber nichts rührte sich. Dann rief ich halblaut seinen Namen. Wieder nichts. Da bekam ich echte Angst, daß ihm etwas zugestoßen sein könnte. Ich machte mir die heftigsten Vorwürfe. Nicht einmal eine Postkarte hatte ich ihm geschrieben. Aber kein Briefträger hätte eine Postkarte mit seiner Adresse austragen können.

An Alfred Zwerg
Unter der Buche 11
Rastbüchler Wald

Plötzlich öffnete sich Alfreds Haustür einen Spalt, und ich sah eine lange Nase und zwei mißtrauische Augen.
«Alfred», rief ich erfreut und bückte mich zu ihm hinunter.
«Mach, daß du weiterkommst, und belästige mich nicht mehr», schrie er wütend, machte aber die Tür ein bißchen weiter auf.
«Was ist denn passiert?» fragte ich, völlig überrascht von dem unfreundlichen Ton.
«Was passiert ist?» Alfred war aus seiner Wohnung getreten und hatte sich vor mir aufgebaut, rot vor Zorn, die Arme in die Hüften gestemmt. «Schau dich doch um! Schau doch, was deine Brüder, Schwestern, Kollegen, also deine vermaledeiten Mitmenschen, aus meinem Wald gemacht haben. Da! Eine Art Autobahn führt direkt an meiner Wohnung vorbei, und da latschen ganze Völkerscharen hin und her. Sie verpesten nicht nur die Luft mit ihrem widerlichen Menschengeruch, sondern hinterlassen Plastiktüten und Flaschen, Papiertaschentücher und alte Turnschuhe.»
Alfred mußte Luft holen, und da hatte ich die Möglichkeit zu sagen: «Aber du warst doch immer so stolz auf deine Wiederverwertung.»
«Ha!» stieß Alfred erbittert hervor. «Wiederverwertung, daß ich nicht lache. Meine Wohnung ist schon so vollge-

stopft, daß ich nur noch im Stehen schlafen kann. Und oft komme ich tagelang nicht vor die Tür, weil die Luft nicht rein ist. Sogar nachts machen sie Feuer und grölen herum.» Alfreds Stimme war leiser geworden. Tiefe Trauer hatte die Wut verdrängt. «Das ganze Leben macht mir keinen Spaß mehr», sagte er bitter, und sein kleines zerfurchtes Zwergengesicht sah aus, als wenn er gleich zu weinen anfangen würde.

Mir tat mein Freund in der Seele leid.

«Alfred», sagte ich mit feierlicher Stimme, «ich gebe dir mein Ehrenwort, ich werde dafür sorgen, daß die Menschen dich nicht mehr belästigen.» Um ehrlich zu sein, ich hatte in diesem Augenblick keine Ahnung, wie ich das bewerkstelligen könnte.

Alfred versuchte ein kleines Lächeln, und das machte mich kühn wie Sheriff Cooper, und so stapfte ich durch den Wald zurück.

Am nächsten Tag schon kam ich schwer beladen wieder. Einige hundert Meter vor Alfreds Wohnung bepflanzte ich den Fußpfad mit Brennesseln und Disteln. Mit Hilfe einer Rosenschere und einer Axt bahnte ich dann mitten durchs Unterholz einen Weg in die andere Richtung. Weit hinter Alfreds Haus führte ich den neuen Pfad wieder auf den alten. Es war nur gut, daß es in Strömen goß. So traf ich wenigstens keine Spaziergänger. Zum Schluß brachte ich an der kleinen Kreuzung, wo ich die Brennesseln gepflanzt hatte, gut sichtbar an einem Baum ein Holzschild an. Zufrieden betrachtete ich mein Werk und ging nach Hause.

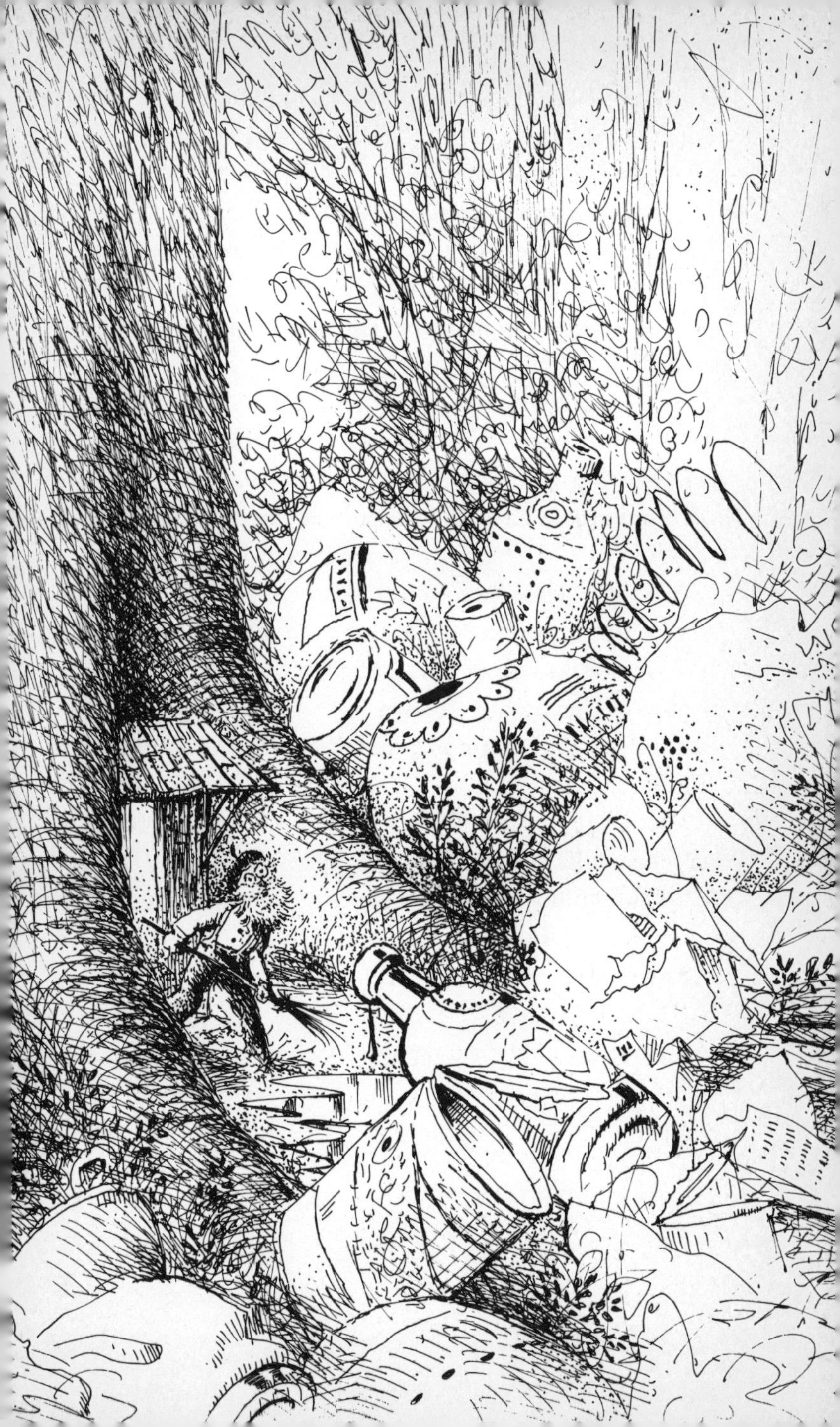

Ich wartete zwei Wochen, bis ich Alfred wieder besuchte. Die Brennesseln waren bis auf einige gut angewachsen, nur die Disteln mickerten. Ich traf Alfred vor seinem Haus zwischen Bergen von gefüllten Plastiktüten. «Alles Müll!» sagte er. «Sieh zu, wie du ihn wegkriegst.»
«Das geht schon klar», versprach ich. «Aber wie steht's? Stolpern die Menschen weiterhin über deine Baumwurzel?»
«Nein», sagte Alfred, «nicht mehr. Ich hab zwar nicht geglaubt, daß du mir helfen könntest. Aber es ist dir gelungen. Wie hast du es denn angestellt?»
«Komm mit, ich zeig dir's», sagte ich und ging ihm voran.
Alfred lobte den Einfall mit den Brennesseln. Über die Disteln rümpfte er nur die Nase.
«Das hättest du dir doch denken können, daß Disteln auf diesem Boden nicht gedeihen.»
«Entschuldige», sagte ich, und dann deutete ich auf das Schild.
«Großartig», sagte Alfred und tätschelte mir das Knie. «Du bist einfallsreicher, als ich gedacht habe.»
Auf das Schild war ein Pfeil gemalt, der zu Alfreds Wohnung zeigte. Und darunter stand:
Vorsicht! Schlangen!

...und zurück

Auf der Rückfahrt von Wolkenkuckucksheim war manches anders. Elmar Jedersberger schlenderte, ohne Jackett und mit offenem Hemd, gemächlich durch den Zug. Von Frau Aloysia ließ er sich die Karten legen, und mit Herrn Schnem tauschte er Adressen aus. Friederike Korff, die, an Herrn Lieblich gekuschelt, sich über Pfandanleihen aufklären ließ, winkte er freundlich zu. Die junge Frau daneben, die mit dem kleinen schwarzen Hund auf dem Schoß, weinte schon wieder. Diesmal vor Glück.
Weiter vorn traf er Annie, die zwar einen roten Kopf hatte, aber fieberfrei war. Sie stand mit einem hübschen Indianerjungen am Fenster. Beide sprachen kein Wort, blickten hinaus auf die vorbeiflitzende Landschaft oder sich tief in die Augen. Herr Jedersberger ging lächelnd vorbei. Christof und Manfred hatten ein Abteil für sich ergattert. Sie waren ins Gepäcknetz geklettert und hatten sich dort häuslich eingerichtet. Zwerg Alfred hatte sich in den Schlafwagen zurückgezogen, die Baronin ruhte in ihrem Sarg im Gepäckwagen, und Familie Hagel feierte still für sich schon wieder Weihnachten.

Im Speisewagen mußte Elmar Jedersberger unbedingt noch mit dem Bären Brüderschaft trinken und dazu selbstgebackene Lebkuchen essen. Sie schmeckten hervorragend.

Gegen zehn Uhr, kurz bevor der Traumexpreß 999 in seinen Heimatbahnhof einfuhr, besuchte er noch Frau Hirtsiefer, die ganz allein in einem Abteil saß, weil Polly wieder stank und haarte wie verrückt.

«Was macht das bißchen Stinken schon», sagte Herr Jedersberger und lächelte vergnügt, «wenn die Welt so voller Wunder ist.»

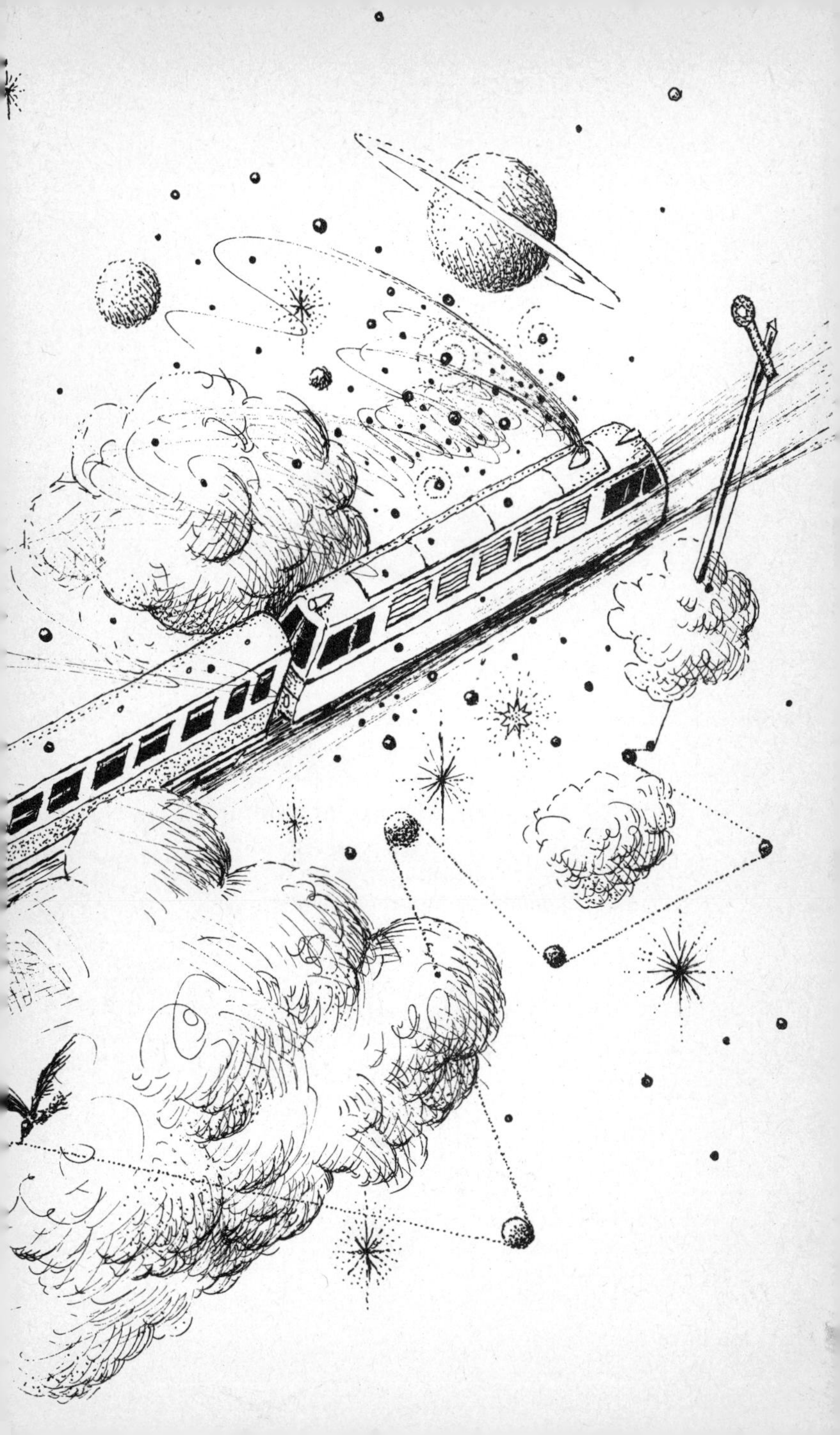

Nagel & Kimche

Nortrud Boge-Erli
**Bianca Vampirutschi oder
Die Wahrheit über Vampire**
Bilder von Michael Géréon
ISBN 3-312-00727-5
Endlich die Wahrheit über Vampire...
Ein Buch für alle, die wie Katrin Vampirgeschichten verschlingen. Und eine schöne spannende Feriengeschichte: die Osterferien in Italien, auf einem leeren Campingplatz am Meer.